결혼 뒤에 오는 것들

행복한 결혼을 위한
지극히 현실적인 조언들

결혼 뒤에 오는 것들

영주 지음

푸른숲

알지 못하면 불행은 되풀이된다

부부로 첫 연을 맺는 자리에서 "검은 머리 파뿌리가 될 때까지 살아라"가 아닌, "결혼은 시작할 때와 마찬가지로 끝도 언제든 스스로 선택할 수 있다"라고 덕담한다면 우리의 결혼은 어떻게 달라질까요? 힘들면 언제든지 며느리 사표를 낼 수 있고, 아내 도 그만둘 수 있고, 엄마 역할도 졸업이 필요하다는 사실을 누 군가 말해주었다면 말입니다.

저는 올해로 결혼한 지 31년 되었습니다. 처음 23년은 별생 각 없이 주어지는 대로 살았습니다. 며느리·아내·엄마 역할 모 두 죽을 때까지 이어지는 종신제인 줄 알았습니다. 모든 일에 선택의 여지가 없다고 여겼습니다. 무엇을 해도 끝이 없다는 생 각은 삶을 고달프고 무기력하게 만들었습니다.

결혼하면서 내 삶의 운전대를 다른 사람에게 넘겨준 것, 그것이 제 결혼의 비극이 시작된 이유였습니다. 마치 자동차 운전대를 비워놓고 '누군가 운전해주겠지'라고 여기며 살아온 것과 같았습니다.

무력한 삶이 이어지면서 불행했던 결혼 생활을 기억하기 위해 기록하기 시작했습니다. 가물거리며 서서히 사라져가던 삶을 기록하자, 거울처럼 저 자신을 마주볼 수 있었습니다. 그 시간 속에 자신을 잃고 스스로 주인이 되지 못한 나와 마주했습니다. 결혼한 지 23년 되었을 때 이 결혼에 끝을 선언했습니다. "우리 여기까지." 결혼 이후 처음으로 남편에게 조용하지만 단호하게 제 목소리를 낼 수 있었습니다. 시부모에게 "며느리를 그만두겠습니다"라고 선언했고, 딸·아들에게 "엄마 역할을 졸업한다"라고 말했습니다. 그러자 비로소 저 자신으로 살아가는 문이 열렸습니다. 변화된 것은 저뿐이 아니었습니다. 남편과 딸·아들, 시부모도 모두 자신으로 살아갈 힘을 가지게 되었습니다.

이후로의 8년은 스스로 주인으로 살려고 노력한 시간이었습니다. 미숙하고 낯설지만 제 삶의 운전대를 다시 잡았습니다. 원하는 방향으로 운전할 힘은 스스로에게 있고, 그 편이 내 삶에 가장 맞는 방향으로 가는 길이기 때문입니다. 아무리 어려워도 스스로 선택했다면 견딜 수 있습니다. 그러나 어쩔 수 없이 하는 일이라면 작은 고난도 힘겨울 것입니다.

이제는 며느리·아내·엄마라는 역할보다 저 자신으로서 먼저 존재한다는 사실을 잊지 않습니다. 내가 나를 지키고 존중할 때, 상대도 그만큼 나를 대우하고 존중한다는 것을 알기 때문입니다.

지금은 며느리를 그만두고 아내와 엄마 역할도 사라졌지만, 저는 여전히 며느리로서 시부모를 만나고, 아내로서 존재하며, 엄마로서 딸·아들을 만납니다. 예전과 다른 점은 이 모든 관계가 저의 선택에 따라 맺어진다는 데 있습니다. 과거에는 가족 때문에 고달팠다면 지금은 그들 덕분에 감사하다고 생각합니다.

삶이 소중한 이유는 죽음이라는 유한성 때문입니다. 결혼도 마찬가지입니다. 이 역할도 끝이 있음을 안다면 결혼이 좀더 소중해질 것입니다. 《도마 복음》에는 이런 말이 있습니다.

"자기 안에 깃든 것을 일깨운다면 그것이 자신을 살릴 것이다. 그렇게 하지 못한다면 그것이 자신을 죽일 것이다."

복음서는 '기쁜 소식'을 의미합니다. 저에게 기쁜 소식은, 삶의 모든 선택이 저 자신에게 달려 있다는 사실입니다. 이를 알아차린다면 죽어가던 자신을 살릴 수 있을 것입니다.

저는 결혼의 희망을 말하고 싶었습니다. 무겁고 불행한 결혼이었지만, 작고 나약하기만 했던 제가 스스로의 힘을 일깨우고 어두운 긴 터널을 빠져나왔습니다. 지금 어떤 상황 속에 있더라도, 내가 무엇을 선택하는지에 따라 달라진다는 믿음이 생겼습니다. 어떻게 살 것인지는 외부가 아니라 나의 선택에 달렸습니다.

어느덧 제 딸·아들도 결혼을 생각할 나이가 되었습니다. 이 글은 누군가의 아내와 남편으로 살아갈 딸과 아들에게 결혼 선배로서 이야기하는 마음으로 썼습니다. 또한 제가 그러했듯이, 자신을 믿지 못하고 여전히 며느리이자 아내, 엄마로서만 힘겹게 살아가는 여성들을 위한 것입니다.

더불어 이 책은 지극히 개인적인 경험과 의견입니다. 부디 너그러운 마음으로 들어주시기 바랍니다. 저의 이야기가 누군가에게는 작은 희망이 되고 또 자신만의 살아갈 방법을 찾는 수단이 된다면 기쁠 것 같습니다. 딸과 아들, 그리고 젊은 부부들이 저 같은 실수로 인해 아프지 않기를 바라는 마음입니다.

2020년 5월

영주

차례

자각하기

○○　내 이름 석 자를 지키기 위한 최소한의 지침

독립하기

○○ 의존 없는 자립을 위한 제안

나아가기

지금 당장 내 결혼에 물어야 할 것들

○ 혼자 살면 외로울 것 같다.   YES □ NO □

○ 서로 사랑한다면 결혼 후에 겪는 고난쯤은 잘 헤쳐나갈 수 있다.

                                                           YES □ NO □

○ 나는 상대가 내게 무엇을 원하는지 파악하고 있다.   YES □ NO □

○ 부부라면 서로에 대해 모르는 것이 없어야 한다.   YES □ NO □

○ '절대 엄마처럼 살지 않을 거야' 다짐해본 적이 있다.   YES □ NO □

○ 행복한 결혼이라면 사랑이 변해서는 안 된다.   YES □ NO □

○ 남자에게 사랑받는 여자는 행복하다.   YES □ NO □

○ 부부 싸움을 해본 적이 없다. 또는 행복한 부부라면 싸우지 않아야

    한다고 믿는다.   YES □ NO □

○ 화내고 싶은데 울거나, 울고 싶은데 화낸 적이 있다.   YES □ NO □

○ 말해봤자 변하지 않을 것 같아 침묵한 적이 있다.   YES □ NO □

○ '그걸 말로 해야 알아?'라는 말을 듣거나 건넨 적이 있다.

                                                          YES □ NO □

○ 가족의 행복과 평화를 위해 평생 희생하고 순응할 것이다.

                                                         YES □ NO □

○ 나와 배우자 부모 사이에 불화가 생겼을 때 배우자는 내 편을 들어

    야 한다.   YES □ NO □

○ '사랑한다면', '남편(아내)이라면', '가족이라면' 등으로 시작하는 말을 건넨 적이 있다.　　　　　　　　　　　　　　YES □ NO □

○ 비록 나는 행복하지 않아도, 내 자녀만큼은 행복했으면 한다.

　　　　　　　　　　　　　　　　　　　　　　　　YES □ NO □

○ 하루 한 시간조차 나만을 위한 시간을 내기 어렵다.　YES □ NO □

○ 상대가 내게 잘못한 이유는 내가 부족했기 때문이다.　YES □ NO □

○ 상대가 내게 잘못한 이유는 전적으로 상대의 책임이다.

　　　　　　　　　　　　　　　　　　　　　　　　YES □ NO □

○ 각거나 별거, 이혼 등은 곧 결혼의 실패를 의미한다.　YES □ NO □

○ 혼자 살았을 때 필요한 한 달 생활비를 계산해본 적이 없다.

　　　　　　　　　　　　　　　　　　　　　　　　YES □ NO □

○ 서로가 원하는 사랑에 대해 대화해본 적이 없다.　YES □ NO □

✓ YES 개수가 한 개 이상이라면?

머릿속에 '행복한 결혼'이라는 환상이 잠재되어 있지는 않나요? 이제 결혼에 낭만을 걷어내고, 건강한 관계를 가꾸기 위해 함께 노력해야 할 때입니다. 상처를 주고받는 결혼에 기꺼이 사표를 내고, 이상적인 가족이라는 환상을 걷어냅시다.

자각하기

내 이름 석 자를 지키기 위한 최소한의 지침

○○

어떻게 살아야 할지는

스스로 찾아가지 않으면 배울 수 없다.

직접 부딪히면서 배워야만 내 삶이 된다.

나는 부모의 자식으로서는 죽고,

온전한 어른으로 다시 태어나고 싶다.

○○　부모의 틀, 세상의 기대를 저버린다

10년 전쯤 꾼 꿈을 기억한다. 꿈에서 가족의 이름을 적고 있었다. 남편 이름을 먼저 쓰고 바로 아랫줄에 아들과 딸 순서로 성과 이름을 적었다. 맨 마지막으로 내 이름 차례였는데, 성씨 자리에 남편 성을 대신 적는 스스로를 발견했다.

'앗! 내 이름은 '김영주'지….'

이 꿈은 내 이름 석 자를 잊고 산 세월이 낳은 무의식이 아니었을까. 며느리로 20여 년 보내고 나니 나는 김영주가 아닌 시가媤家 사람이 다 되어 있었다. 그곳에서 내 서열은 맨 아래쪽이었다.

내 서열이 낮다는 증거는 여든이 넘은 시아버지가 미리 장만해두신 가족납골묘에서도 드러난다. 시아버지는 납골묘 장만을 돌아가시기 전에 마무리해야 할 과제라고 여기셨다. 이곳은 홋

날 직계가족들이 함께 묻힐 곳이었다. 시부모 자신이 돌아가실 때 자식들이 묫자리를 찾아다닐 번거로움을 없애기 위한 마음이기도 했다.

가족이 모인 자리에서 시아버지는 스물일곱 구가 들어갈 납골묘에 대해 알려주셨다. 시부모, 시삼촌 내외, 남편과 시동생, 장손인 아들, 그리고 장손의 미래 아들까지 들어갈 수 있다고 하셨다. 나와 동서와 눈이 마주친 시아버지는 마치 특혜를 베푸는 듯이, 며느리들도 들어갈 수 있다고 하셨다. 그때 마음속으로 고개를 저으며 외쳤다.

'저는 결코 이 집안 며느리로 뼈를 묻고 싶지 않아요.'

문득 한 친구가 떠올랐다. 결혼하고 얼마 되지 않았을 때, 갑자기 친한 친구가 세상을 떠났다는 소식을 들었다. 교통사고였다. 부모가 일찍 돌아가신 고아라는 이유로 친구 시가에서 결혼을 심하게 반대했다. 임신 8개월이 되어서야 겨우 결혼할 수 있었던 친구는 시가의 현관 옆 작은방에서 시집살이하며 살았다. 견디기 힘들었던 친구는 아기를 업고 서울 변두리 지하 월세방으로 거처를 옮겼다.

드디어 시가를 탈출했다는 친구를 만나러 갔다. 친구는 30원짜리 넥타이 태그(상표) 붙이는 부업을 하고 있었다. 대낮에도 형광등을 켜놓아야 하는 지하 방에서 아기 젖을 물려가며 일하면서도 마음만은 편안해 보였다, 시가에서 벗어났다는 이유 하나만으로. 친구의 결혼 생활은 2년 남짓, 그 지하방에서 끝이 났다. 아마 죽기 전날도 친구는 넥타이 태그를 붙이고 있었으리라. 허망하게 떠난 친구에 대한 슬픔과 씁쓸함은 이루 말할 수 없었다.

그런 친구가 죽어서는 남편 쪽 시가 묘에 안장되었다. 탐탁지 않은 며느리였지만 아들을 낳았기 때문이다. 살아서는 가족으로 받아들여지지 못했지만, 죽어서는 영원히 그 집안 묘에 묻혔다. 남편 조상의 묫자리에서 비로소 시가의 일원이 된 친구를 보며 다행이라는 안도와 뭔지 모를 분노의 한숨이 뒤섞였던 기억이 난다.

그때 이해할 수 없었던 묘한 감정은, 여자가 결혼하면 그 집 귀신이 되어야 한다는 말을 의식으로는 거부하면서 마음에는 새기고 있었기에 생겨났다. 예전대로라면 나도 시가 가족묘에 뼈를 묻는 것을 당연하게 여겼을 것이다. 결혼하면 죽을 때까지 며느리 옷을 벗지 못하는 줄로만 알았다. 그뿐 아니라 누구의 아내, 아무개 엄마로 평생 살아야 하는 줄 알았다.

나이가 쉰이 넘으면서, 남은 반생은 누군가의 역할로서가 아닌 온전한 나 자신, '영주'로만 살고 싶다는 생각이 들었다. 그 바람을 담아 필명을 '영주'라고 정했다. 아버지·어머니 성도 없고, 남편 성도 아닌, 내 이름만 달랑 있는.

아시아 속담 가운데 이런 말이 있다고 한다.

"아이는 아버지에게는 뼈를 물려받고, 어머니에게는 살을 물려받는다."

우리는 모두 부모의 뼈와 살, 조상의 뿌리까지 물려받는다는 말이다. 즉 부모의 기질, 성격, 삶의 태도까지 대물림된다는 의미일 것이다.

많은 시간을 내가 누구인지 모르고 살아왔다. 누구인지 모르니 생각, 감정, 진짜 무엇을 원하는지도 몰랐다. 왜 여기 있는지 무엇을 해야 하는지 어디로 가야 하는지조차 잃어버렸다. 내 판단과 신념으로 선택하고 행동하는 것 같았지만 대부분은 부모로부터 물려받은 습성이었다. 겉은 내 몸을 하고서 부모의 인습에 따라 살아왔다. 그것은 부모의 삶이지 내 삶은 아니었다. 그들의 생각들이 내 신념이 되었고, 그 신념들은 모두 잘못되었다는 것을 내 삶이 보여주었다. 그렇다면 내 모든 생각을 뒤집어보아야 했다. 내 생각과는 반대로 행동하는 것이다. 어쩌면 이것은 견고했던 부모의 틀, 세상의 틀을 깨는 일이었고, 과거의 몸에 밴 습성을 깨는 방법일지 모른다. 이는 부모의 가르침, 나아가 세상의 모든 당연함에 질문하는 것에서 시작한다.

'왜 이것을 당연히 해야 하지? 이것은 내가 진정 원하는 일인

가? 나를 이롭게 하고 모두에게도 이로운 일인가?'

우리가 어떻게 살아야 할지는 스스로 찾아가지 않으면 배울 수 없다. 직접 부딪히면서 배워야만 내 삶이 된다. 앞으로의 삶은 마치 세상에 갓 태어난 아이처럼 질문하려고 한다. 부모의 자식(아이)으로 살아온 그동안의 나는 죽고 온전한 자신(어른)으로 다시 태어나고 싶다.

"서로 사랑했던 여자와 남자는 결혼해서 행복하게 살았습니다."

흔히 동화 속 엔딩은 이러한 문장으로 끝을 맺지만 여성의 진짜 현실은 그 엔딩에서 시작한다. 모든 사람의 축하를 받으며 화려하게 입장한 식장 문은 삶의 무대 밖으로 나가는 통로였다. 그래서 옛 조상들은 여성의 '결혼'은 곧 '장례'라고 여겼나 보다. 여성에게 결혼은 자신의 죽음이기도 하기 때문이다.*

결혼하면서 무대 밖으로 사라진 여성은 사회에서도 소외되었다. 아무도 결혼한 여성이 어떻게 살아가는지 관심 두거나 알

---

* 과거 제주에서는 결혼식에 입는 혼례복과 장례식에 입는 호상복이 같은 옷이었으며, 이 사실이 결혼식과 장례식의 상징적인 의미를 잘 보여준다고 신화학자 고혜경은 보고한다. 로버트 존슨, 고혜경 옮김, 《She》, 동연출판사, 28쪽 각주를 참고할 것.

려고 하지 않았다. 며느리·엄마·아내로 살아가며 겪는 여성들의 불평등하고 부당한 문제들은 모두 개인 문제로 치부되었다. 각자의 삶에서 홀로 애쓰다가 순응하거나 포기하며 살아왔다. 여성들 개인이 안녕하기 어려웠다. 시가와 가족 사이의 복잡하게 뒤엉킨 문제들은 빈번한 부부 불화로 이어졌고 자녀들에게 고스란히 영향을 미쳤다. 결국 사회 구성원의 핵심인 가정 속의 한 여성이 행복하기 힘드니 가족 모두 잘 지내기 어려웠다.

《며느리 사표》의 독자인 선영 씨는 어릴 때 집안에서 어머니와 할머니의 목소리를 들어본 적이 없었다. 할머니와 어머니에게는 '여자의 목소리가 커서는 안 된다'는 신념이 있었다. 그래야 교양 있고 수준 있는 여자라고 여겼다. 어머니는 평생을 욕 한 번 해본 적 없이 살아오셨다. 그런 어머니가 70대가 되어서 처음으로 욕을 하셨다. 나이 든 여자는 더는 여자가 아니라고 여기셨던 것 같다.

할머니와 어머니로부터 이어지는 '교양 있는 여자'의 삶이 선영 씨에게도 몸과 마음 깊이 배어 있었다. 선영 씨는 자신의 몸에 밴 습성을 '몹쓸 교양'이라고 표현했다. 그 몹쓸 교양 때문에 맏며느리 역할, 시가의 집안일과 제사는 물론 경제적으로 원조하고, 시동생의 사고까지 뒷감당하면서도 불평불만이 없었다. 교양 있는 여자니까. 자신의 가정과 아이들보다 시부모와 시가의 일이 우선이었다. 문제는 그렇게 맏며느리로서 최선을 다해도 시어머니에게는 늘 부족하고 문제 많은 여자 취급을 받는다는 것이었다. 그 정도는 며느리로서 당연한 듯, '그저 내 아들 잘 만나서 팔자 좋은 여자!'라는 인식뿐이었다.

선영 씨는 결혼 21년 동안 시가에서 일어나는 부당하고 불합리한 일들에 분노하면서도 무엇이 문제이고 어떻게 대처해야 할지 몰라 힘들었다고 한다. 시가와의 문제, 특히 시어머니 태도에 관해 남편에게 하소연하면, "어머니가 당신보다 더 사시겠어?"라며 '젊은 당신'이 이해하라고 다그쳤다. 친구들은 은근히 한 수 가르치려 하거나 선영 씨를 욕심 많고 유별난 존재로 보았다.

"다들 그렇게 살아. 그 정도 시집살이 겪지 않는 사람이 어디 있니?"

"너는 너무 똑똑해서 힘들게 사는 것 같아. 때로는 어리숙하게 굴어야 모두가 편안해지지."

선영 씨는 늘 혼란스러웠다.

'내가 이상한 여자인가?', '다른 여자들은 아무렇지 않게 잘살고 있는데 왜 나만 힘들지?', '내가 진짜 욕심이 많은가?'

정신이 깜박거릴 때가 많고 그냥 멍하게 있을 때도 잦았다. 마치 머릿속이 복잡한 실타래로 뒤엉켜버린 듯했다. 때로는 자신이 바보가 되거나 미쳐가는 것이 아닌지 걱정스러울 정도였다. 선영 씨에게 가장 큰 혼란은 부부와 시가와의 관계에서 구체적으로 무엇이 문제인지 모른다는 데에서 왔다. 지금까지 알게 모르게 배워왔던 '여자의 삶'에 대한 가르침과 현실에서 느끼는 부당함이 자꾸 부딪히고 의문을 낳았다.

가장 큰 문제는 딸에게 나타났다. 딸은 열 살 무렵부터 몸을 긁어 상처를 냈다. 얼굴을 제외한 온몸에 상처 자국투성이였으며, 딱지 난 곳을 뜯어 다시 부스럼을 만들었다. 두드러기도 심했다. 약도 듣지 않았다. 피부의 상처와 부스럼은 대학생이 되어서도 이어졌다. 온몸에 난 부스럼으로 딸은 한여름에도 목까지 올라오는 긴 옷을 입고 다녔다.

2년 전 선영 씨는 시어머니에게 "더는 며느리 역할을 하지 않겠습니다"라고 선언했단다. 이런 아내에게 남편은 즉각 이혼을 통보하고 생활비를 끊었다. 그 상황에서 어찌해야 할지 몰라 길을 잃었던 그때 《며느리 사표》를 읽었다. 며느리 사표를 먼저 냈던 나의 이야기를 읽고 오랫동안 감지해왔던 시가에 대한 문제의식이 틀리지 않았음을 알고 안도했다고 한다. 부당한 처우에 더는 참지 않고, 며느리를 그만둔 것이 이상한 행동이 아님도 알았다.

선영 씨는 며느리 사표를 내고 나서야 비로소 21년 동안 시가에 쏟았던 에너지를 온전히 자신에게 돌릴 수 있었다. 지금은 용기를 내어 시가와 남편에게 당당하게 맞서고 있다. 동시에 앞으로 펼쳐질 자신의 미래를 그릴 수 있게 되었다. 꿈만 꾸던 일을 준비하고 공부도 시작했다. 얼마 지나지 않아 기적 같은 일이 일어났다. 딸의 온몸에 난 상처들이 아물기 시작했다. 아문 피부에서 뽀얀 새살이 올라왔고 딸은 지난여름 민소매와 반바지를 입었다. 엄마 스스로 길의 방향을 틀기만 했는데도 딸이 치유되었다. 그런 딸의 모습을 본 선영 씨는 용기 있는 행동이 자신은 물론 딸까지 되살아나게 했음을 깨달았다.

우리의 가정은 지금 건강한가? 자신을 잃지 않으려고 정신 바짝 차리는 여성은 이상한 사람으로 취급받고, 자신을 잃어버리고 인습에 순응하는 여성은 당연하게 보는 세상에 살고 있지는 않은가? 자신에게 일어나는 불합리하고 부당한 문제들을 살피고, 좋은 며느리이기보다는 자신에게 먼저 최선을 다하려는 여성인 우리는 이상하지 않다. 이상한 가부장 월드에 갇혀 며느리로 살아올 수밖에 없었을 뿐이었다. 이제 더는 이토록 이상한 세상에서 살지 않겠다는 여성들이 가부장 월드라는 사회적 세뇌에서 스스로 빠져나오고 있다.

○○ 며느리가 목소리를 내지 못하는 이유

몇 년 전 아들이 《82년생 김지영》이라는 책을 권해주었다.

"엄마의 30대 버전이야."

책을 펼치자마자 단숨에 읽었다. 80년대생 여성조차 결혼하면 자기 목소리를 내기 어렵다니 안타까웠다. 여전히 며느리가 목소리를 내려면 큰 용기가 필요한 세상에 우리는 살고 있었다.

독자와의 만남에서 82년생이라고 소개했던 도도 씨를 만났다. 도도 씨는 두 살 위 오빠와 함께 성장하면서 부모로부터 조금의 차별도 경험한 적이 없었다고 한다. 공부도 잘했고 대학에서도 남학생들보다 뛰어난 리더십과 역량을 보였다. 능력을 인정받아 어렵지 않게 취직했고, 회사에서도 차별 없이 일해왔다고 한다. 결혼 전까지 여자이기 때문에 차별을 경험하거나, 목소리를 눌러야 했던 적은 한 번도 없었다.

사랑하는 남자를 만나 결혼한 지 여섯 달 남짓 되었고, 남편과도 서로 존중하며 평등한 관계로 잘 지내고 있었다. 그럼에도 어느 날, 시어머니에게 목소리 내기 어려워하는 자신을 발견했다. 사랑하는 남편의 어머니이기에 존중과 애정의 마음으로 시간이 날 때마다 전화를 드렸다. 그러다 보니 매일 안부 전화를 드리는 격이 되었다. 점차 할 말도 없어지고 의무적인 전화 통화가 이어지다가, 마침 바쁜 일을 처리하느라 며칠 전화를 드리지 않았다. 그렇게 사나흘 지났을 무렵, 시어머니로부터 전화가 왔다. 첫마디는 "너 변했다!"였다. 이때 궁색한 변명만 늘어놓는 자신을 발견했다. 전화를 끊고 나서도 스스로 이해가 가지 않았다. 시간이 지날수록 알 수 없는 답답함으로 소화불량에 시달리고, 무엇보다 스스로에게 화가 났다. 게다가 앞으로 시어머니와의 관계에서 어떤 태도를 취해야 할지 모르겠다고 했다. 도도 씨는 격앙된 목소리로 질문했다.

 "왜 제가 목소리를 내지 못할까요?"

 1980~90년대는 일반적으로 여자들이 결혼할 때 '시집간다'라는 표현이 흔했다. 실제 시가로 들어가 사는 경우도 많았으니까. 나 또한 '시집'에서 결혼 생활을 시작했다. 우리의 결혼은 처음부터 불공정하고 불평등했다. 남편은 부모와 형제, 친척, 집, 동네, 친구, 직장 등 어느 것 하나 잃는 것이 없었다. 반면에 나

는 결혼을 선택하면서 모든 것을 버려야 했다. 직장도 그만두고 살던 집과 부모·형제를 떠나고 25년 살았던 동네를 벗어나 한 번도 가본 적 없는 동네로 터전이 바뀌었다. 남편이 사는 시월 드로 나홀로 시집갔다!

여자가 결혼하면 자신이 결혼 전 어떤 존재였든 상관없이 '며느리'라는 역할이 우선시된다. 시월드에는 눈에 보이지 않는 수직 관계와 서열이 존재한다. 시아버지를 중심으로 시삼촌과 시고모가 계시고, 그 아래 남편과 장손인 아들, 시동생이 있다. 며느리와 딸로 구성된 여자들이 남자 조직 아래인데, 시어머니와 시숙모, 시누이, 그리고 제일 말단에 며느리인 내가 존재했다.

시가에서 시어머니와 며느리의 배경은 다르다. 이 배경을 이해하면 며느리가 왜 힘이 없고 목소리를 내기가 어려운지 이해할 수 있다. 10여 년 전, 시아버지 생신 때였다. 막내 고모가 직계가족만 조사해서 명단을 만드셨다. 모두 쉰여섯 명이었다(그동안 결혼한 사람, 아기를 낳은 사람도 있어서 지금은 예순 명이 거뜬히 넘는다). 비유하자면 쉰여섯 명의 시월드에서 이미 자리를 잡은 시어머니와 새내기 며느리의 구조였다. 쉽게 말하면 말년 병장 시어머니와 신임 이등병 며느리라고 할까. 군대 문화는 시가에도 존재하고 있었다. 시가에서 함께 사는 경우가 드문 요즘이라 할지라도 이 구조에서 벗어났다고 말하기는 어렵다.

어떤 집단이나 모임에서든 서로 평등할 때 자신의 목소리를 낼 수 있을 것이다. 며느리가 시부모를 존중하듯이, 시부모 역시 결혼한 아들과 며느리를 존중해야 한다. 더는 자식으로서가 아니라 성인으로서 대우하고 신뢰해야 한다. 아들이 결혼하면 이웃집 부부 대하듯 해야 한다.

서로를 향한 존중은 나로부터 시작되어야 한다고 생각한 계기가 있었다. 지금까지 며느리 처지로만 살아왔던 내게 어느 날 아들이 농담 반 진담 반으로 이렇게 말했다.

"나는 결혼한다면 아내 될 여자와 함께 '며느리 사표'부터 쓰고 시작할 겁니다."

순간 훅 하고 잽이 날아온 듯, 잠시 멍해졌다. 시어머니가 된다는 생각은 해본 적이 없었다. 자식이 결혼할 나이가 되어가면서 나의 입장은 지금까지와 달라진다. 아들과 딸, 미래의 며느리와 사위에 대해 생각해보았다. 미래의 사위와 며느리를 같은 태도로 대해야 한다는 생각이 들었다. 집안 대소사와 부모를 부담스러워하지 않기를 바라는 마음이었다. 이내 마음을 정리하고 대답했다.

"응, 그렇게 하는 게 좋겠다."

아들의 말은 부모와 연결된 끈을 끊고 온전히 둘만의 삶을 시작하겠다는 의미다. 다시 생각해도 그 편이 맞다. 결혼은 두 사람에서 시작해야 한다. 부모를 떠나지 못하면 두 사람의 결혼은 시부모, 친정 부모와 함께 여섯 명이 하는 격이고, 부부는 여전히 부모의 자식으로 머문다. 여섯 명이 하는 결혼은 시작부터 복잡한 문제들이 뒤엉킬 것이다.

결혼은 부모를 떠나 한 가정을 이루는 일이다. 너무나 간단한 이 사실이 지켜지지 못할 때 문제는 시작된다. 그렇다면 어떻게 해야 한 부부의 삶이 시작될 수 있을까? 결혼하려는 부부뿐 아니라 양쪽 부모 모두 고민해야 할 주제다. 결혼하기 전, 진짜 무엇을 준비해야 하는지 부모와 자식 모두 생각해보았으면 한다.

○○　막연한 기대보다 철저한 대비가 먼저다

부부로서 무엇을 우선 준비해야 할까? 또 자식의 결혼을 앞둔 부모는 무엇을 준비해야 할까?

이에 대한 대답을 영화 〈막달라 마리아: 부활의 증인〉에서 찾을 수 있었다. 영화는 예수의 여성 제자인 막달라 마리아에 관한 이야기다. 2000년 전, 여자는 아버지나 오빠 등 남자의 말에 절대적으로 순종해야 했다. 막달라 마리아의 아버지는 딸에게 아이가 여럿 딸린 남자와 결혼하라고 지시한다. 마리아는 오빠에게 조심스레 말한다.

"나, 자신의 삶을 살고 싶어."

오빠는 어이없다는 표정으로 대꾸한다.

"아버지의 지시를 따르는 것이 너의 삶이야!"

결혼하고 싶지 않다는 마리아에게 귀신이 들렸다며, 오빠는 마리아를 강물에 수차례 빠뜨려 기절시킨다. 결국 마리아는 가족과 고향을 떠나 예수를 따라간다. 예수의 제자들과 합류한 마리아에게 예수의 어머니 마리아는 이렇게 말한다.

"내 아들을 따르려면 나처럼 준비해야 할 것이 있다."

"그게 무엇입니까?"

"그를 잃을 준비."

예수 어머니의 이 말은 지금 우리가 사는 이곳에서도 여전히 중요한 메시지를 전한다. 소중한 아들을 둔 어머니와 사랑하는 남자와 결혼하려는 여자 모두가 건강하게 살아가기 위한 핵심이기 때문이다.

아들이 결혼해서 행복한 가정을 이루고 살기를 바란다면 시어머니는 먼저 아들을 잃을 준비를 해야 한다. 그래야 그가 한 가정의 남편·아빠로서 온전히 재탄생할 수 있을 것이다. 결혼을 앞둔 딸에게도 마찬가지다. 딸이 한 가정의 아내·엄마로서 자신의 가정에 집중하려면, 어머니는 소중했던 딸을 떠나보내야 한다.

자식도 부모를 잃을 준비를 해야 한다. 나는 결혼하면서 딸로서 어머니를 잃을 준비를 하지 못했다. 결혼은 했으나 여전히 딸로 남아 몸은 이곳에, 마음은 어머니에게 가 있었다.

서로를 잃을 준비는 결혼하는 부부에게도 필요하다. 이제 막 결혼하는 부부에게 이 무슨 해괴한 말이냐고 할 것이다. 자신에게 진정으로 소중한 존재일수록 먼저 '상대를 잃을 준비'를 해야 비로소 상대를 얻는다는 역설이다. 그러나 나는 남편에게 기댈 준비, 눈에 보이는 준비에 바빴다. 스물다섯인 나는 스물일곱인 남편과 예식장을 물색하고, 드레스와 한복을 맞추며, 양가 예단을 고민했다. 신혼여행지를 논의하고, 요리학원도 등록했다. 그러나 정작 결혼이란 무엇인지, 부부로서 어떻게 살아야 하는지, 아내와 남편으로서 어떤 역할을 해야 하고 어떻게 우리의 가정을 만들어갈지, 새롭게 살아갈 낯선 시가에서 어떻게 관계를 맺어갈지 고민하지 않았다. 단지 서로 사랑하며 행복하게 사는 꿈같은 결혼을 상상했다. 나만 사랑해주는 남편만 있으면 별문제 없을 것 같았고, 설사 문제가 생기더라도 남편과 잘 헤쳐나가리라는 순진한 생각이었다. 남편만을 보고 한 결혼인데, 결혼식이 끝나자 남편도 사라졌다.

그런 결혼은 사실 추락밖에 없는 절벽을 향해 내달린 것과 같았다. 고장 난 차를 점검 한 번 없이 척박한 벌판을 향해 무작정 페달을 밟은 것과 같다. 부모에게 의존하던 삶을 그대로 남편에게 내맡겼다. 나에 대한 권리와 책임을 남편에게 넘긴 격이었다. 결혼식에서 아버지 손을 잡고 들어간 신부를 남편의 손에 건네주던 의미처럼 말이다. 부부의 결혼에 나는 없었다.

정신을 차리고 보니 20여 년이 흘러버렸고 나는 벌판에 홀로 서서 길을 찾아 헤매고 있었다. 늦었지만 고장 난 차를 점검하고 다른 길로 전환이 필요했다. 첫 번째로 남편을 잃을 준비를 했다. 그것은 나 자신을 책임지는 것이었고 동시에 잃어버린 나를 찾는 것이었다. 그러자 사라졌던 남편이 돌아왔다. 사실상 우리의 진짜 결혼은 '남편을 잃을 준비' 과정에 하나였던 이혼 선언을 하면서 시작되었다.

내 옆의 소중한 존재가 누구인지를 늘 생각한다. 소중한 사람을 잃지 않기 위해 나는 준비한다, '그를 잃을 준비'를. 그럴 때 진정으로 그 사람을 얻게 되기 때문이다.

며느리가 목소리 내기 어려운 또 다른 이유로 내 경우에는 '좋은 며느리'가 되고 싶다는 마음 때문이었다. 사실 결혼 초반에 '좋은 며느리는 되지 말아야'라고 결심했다. 좋은 며느리가 되려다가 나를 잃을지 모른다는 사실을 알고 있었기 때문이다. 다만 나를 지키면서 동시에 서로 건강한 관계를 맺는 방법까지는 생각하지 못했다. 결심만 섰을 뿐, 방법을 찾고 실행하는 단계로 나아가지 못했다. 그 결과, 좋은 며느리가 되려고 애쓰는 나를 발견했다.

'좋은 며느리'의 문제는 자신의 목소리를 잃어버린다는 데 있다. 좋은 사람이 되고 싶다는 마음 때문에 상대를 먼저 배려하느라 자신을 배려하기 어려워진다. 자기 생각과 의견 때문에 상대 마음이 불편해질까 봐 신경이 쓰인다. 매번 목구멍까지 올라온 말을 밖으로 내뱉지 못하고 다시 삼킬 때가 많아진다. 이런 경험이 반복되면 어느새 자신의 목소리는 없어진다. 잇따라 소중한 나만의 색깔·매력·생기까지 잃어간다.

여자들이 꿈속에서 목소리를 내지 못하거나 신발·가방 등을 잃어버리는 꿈을 자주 꾼다. 현실에서는 무언가 잃어버리면 어떻게 해서든 찾으려고 한다. 그러나 보이지 않는 것은 잃어버렸다는 사실도 모르고, 무엇을 잃어버렸는지조차 깨닫기 어렵다. 그러므로 스스로 무엇을 잃었는지 묻고 반드시 찾아야 한다. 내버려두다가는 점차 자신의 소중한 것, 나아가 자기 전체를 잃어버릴 수 있기 때문이다.

시가에 처음 들어갈 때 두려움이 엄습했다. 친정어머니는 결혼을 앞둔 딸에게 당신이 살아왔던 경험을 들려주며 며느리로서 어떻게 해야 하는지 여러 번 말씀하셨다.

"시부모님이 좋으신 분들이라 '너만 잘한다면' 사랑받고 살게다."

친정어머니는 성격이 괴팍한 시아버지(할아버지)에게 정성을 다해 헌신했다고 한다. 시아버지 말년에는 중풍으로 쓰러진 그의 대소변을 받아내고 똥 묻은 빨래를 들고 산 아래 물가까지 가서 빨아와야 했다. 쌀이 귀하던 시절에 어머니 자신은 못 먹어도 시아버지 밥은 꼭 챙겨드렸다. 이를 눈치챈 시아버지가 반

공기를 꼭 남겼고, 그 남은 밥으로 어린 아들과 조카를 챙겨주었다. 어머니는 눌은밥에 물을 부어 배를 채웠다고 한다. 나중에 시아버지는 "우리 며느리 같은 사람 없다"며 돌아가시기 전까지 당신 며느리를 칭찬하고, 며느리 이야기라면 팥으로 메주를 쑨다고 해도 믿으셨다고 한다. 말 그대로 희생으로 얻어낸 인정이었다.

어머니는 '시부모 사랑은 며느리 하기 나름'이라고 강조하셨다. 그 '너만 잘한다면'이라는 말은 자신처럼 가족에게 헌신하며 살라는 의미였다. 나는 희생이 삶의 정답이자 기준인 어머니처럼 살지 못하리라 생각했지만, 동시에 나도 시가에서 사랑받고 존재감 있는 며느리가 되고 싶었다. 사랑받고 싶다는 마음은 내 목소리를 내기 어렵게 했다.

생각해보면 무엇을 위한 희생이란 말인가? 자신을 던진 희생으로 얻어낸 인정이 얼마나 중요하겠는가. 어머니의 희생에는 의미가 있었다. 중풍인 시아버지를 돌보고, 키워야 할 조카와 아들이 있었다. 내 결혼에는 그 정도 희생은 필요하지 않았다. 돌보아야 할 존재도 없었고 오히려 시부모가 며느리인 나를 새로운 환경에 적응하도록 배려하고 살펴주는 처지였다. 아무도 내게 희생을 요구하지 않았는데 내 뿌리에는 어머니의 희생이 들어와 있었다. 나는 그냥 필요하지 않은 희생에 스스로 뛰어든 것이다. 며느리 역할에 두 팔을 내어주고 시가의 일에 발 벗고 우선했다. 그렇게 스스로를 내어줌으로써 나 자신을 위해 써야 할 두 팔부터 두 다리, 행동할 몸까지 없어졌다. 자신을 모두 내어준 피폐한 엄마로서 삶은 아이들도 안녕하기 어렵게 한다.

'좋은 며느리'는 '좋은 아내'로 이어졌다. 남편에게도 '당신 같은 사람 없어'라는 소리를 듣고 싶었나 보다. 남편의 전적인 사랑을 기대했다. 이런 마음은 남편 앞에서도 목소리를 내지 못하게 막았다. 아이러니한 점은 사랑받기 위해 애쓸수록 남편의 사랑은 멀어진다는 것이다. 사랑을 잃을까 봐 참아서는 안 되는 선까지도 참고 사는 어리석은 삶이 계속되었다.

자신을 다 내어주는 여자에게 남는 것은 없었다. 마음은 텅 비어버린 곳간과 같았다. 희생은 누구에게도 혜택을 가져다주지 못했다. 더는 이렇게 살 수 없었다. 좋은 여자가 되려다가 잃어버린 내 것을 회복해야 했다. 회복은 잃어버린 세월만큼이나 오래 걸리는 일이었다. 하나씩 찾아가면서 이제는 나 자신을 지켜낼 것이다. 가장 소중하고 중요한 것이 무엇인지 잃어버린 후에야 알았으니까.

시가와 우리 집이 아파트 위아래 층에 살 때였다. 8년을 함께 살다가 분가해서인지 시아버지는 우리 집도 당신 집처럼 여기셨다. 아무 때나 현관문을 열고 들어오시는 시아버지 때문에 속옷 차림으로 있다가 당황한 적이 여러 번이었다. 당시에는 시부모에게 내 목소리를 내지 못하는 게 습관이 되어 있었다. 용기가 없던 탓에 "우리 집에 오실 때는 초인종을 눌러주세요"라고 말하지 못했다. 대신 어느 날 현관문 비밀번호를 바꾸었다. 서로 기분이 상하지 않으면서 당면한 문제를 해결하는 방법을 생각하지 못했던 탓이다. 그저 스트레스받는 내 입장만을 생각하며 갑자기 문을 잠가버린 격이었다. 불같이 화가 난 시아버지는 우리 부부에게 말씀하셨다.

"내가 돈 한 푼 없는 노인네였으면 (서러워서) 자살했을 게다."

그 말씀에 안절부절못하던 남편이 당장 원래대로 돌려놓겠다고 했지만 나는 비밀번호를 바꾸지 않았다. 마음이 상한 시아버지는 그 뒤로 거의 우리 집에 오지 않으셨다.

이런 불화는 어느 가정에서나 종종 일어난다. 30대 후반인 영순 씨는 아무 때나 방문하는 친정어머니 때문에 스트레스가 이만저만 아니었다. 한집에 살던 딸에게 잔소리하듯 살림에 참견하셨다. 현관을 들어서면서부터 나뒹구는 신발을 정리하며 일장연설했다. 게다가 친정아버지와 다툰 날이면 사위 눈치도 보지 않고 며칠씩 머물다 가셨다.

영순 씨가 제일 견디기 어려운 부분은 어머니의 잔소리였다. 정작 어머니는 이를 딸에 대한 애정으로 착각하고 있었다. 견디다 못한 영순 씨가 '바쁘다', '약속이 있다'라며 방문을 거절했지만 소용없었다. 한번은 견디다 못한 영순 씨가 어머니에게 "그렇게 잔소리하려면 다시는 오지 마세요"라고 대놓고 이야기했다. 어머니는 적반하장으로 "내 집인데 왜 내가 마음대로 못 오냐"고 큰소리치셨다고 한다.

'내 자식이니까, 자식 집도 내 집'이라는 어머니에게 영순 씨의 입장은 안중에도 없었다. 오히려 "너를 어떻게 키웠는데, 이러니 딸은 아무 소용없어", "어려운 살림에 대학까지 공부시켰더니 이제는 엄마를 무시한다" 등 딸을 비난하며 죄책감을 자극해서 한바탕 소동을 일으키셨다. 그러면 영순 씨는 불효자가 된 것 같은 마음에 무겁고 혼란스러워졌다.

이러한 사례들은 경계를 세우지 않았기에 생겨난 갈등이다. 결혼한 부부에게 가장 우선해야 할 과제는 자신들만의 견고한 울타리(경계)를 만드는 것이다. 부모니까, 형제니까, 친구니까 울타리 없이 지내다가는 나중에는 스스로를 보호할 수 없게 된다. 아무나 들어오다가 때로는 제집처럼 사는 사람마저 생긴다. 내 보금자리가 동네 우물터로 변할 수도 있다. 이런 상황에 가족은 평안과 안정을 느끼기 어려워지고, 아내·남편·아이 등 누군가 가 소외되기도 한다. 어떤 관계에서든지 무경계는 위험하다.

나의 친정어머니는 열 살에 외할머니를, 열두 살에 외할아버지를 여의셨다. 어머니는 어릴 때 만주에 살다가 해방 이후 고향으로 돌아왔다. 외조부모는 일본 사람들이 남기고 간 적산가옥에 살았다. 외조부모가 살아 계실 때는 누구도 침범하지 않았지만, 부모 없이 아이들만 남으니 아무나 들어와서 방 하나씩 차지했다고 한다. 나중에는 자기네와 방을 바꾸자는 문간방네 가족에게 안방까지 내놓으셨다고 한다. 아이들로서는 집을 지켜낼 수 없었다.

친정어머니가 자신들만의 공간을 침범당한 경험은 내 어릴 때에도 그대로 이어졌다. 어릴 때 우리 집에는 촌수도 알 수 없는 삼촌부터 고모, 사촌 오빠까지 살다 가고는 했다. 가족만 살기에도 작은 집이었는데도 늘 가족 수보다 한두 명이 더 있었다. 어떤 분은 하도 오래 살다 보니 자신이 안주인이라도 된 것처럼 잔소리를 늘어놓고 소리를 지르고는 했다. 어린 나는 그와 함께 살고 싶지 않았지만 그 마음을 드러낼 수 없었다.

어릴 때부터 '우리만의 집', '내 방'이 없던 나는 그 어디에서도 안전과 평안함을 느낄 수 없었다. 우리 가족, 우리 형제라는 소속감도 느끼기 어려웠다. 언제 침범당할 지 몰라 불안해하고 불안정하며 예민하고 방어적이었다. 내 부모는 친척도 한집에 살면 한 식구라고 여기셨는지 모르겠지만, 정작 우리가 제각각 소외되고 있었다는 사실은 알지 못했다.

동물들 세계에서도 영역은 아주 중요한 요소다. 영역 때문에 서로 죽고 죽인다. 동물도 이런데 사람은 오죽할까. 내 영역인 집이 침범당하지 않도록 안전하게 보호하는 것은 집주인인 부부의 책임이다. 그렇다면 한 집에서 가족으로 같이 살다가 자식이 결혼했을 때는 어떻게 해야 할까?

새 집에서의 주인은 당연히 결혼한 부부다. 결혼 전에는 한 집의 자식이었지만 결혼하면 다른 집의 주인이 된다. 남의 집이니 들어갈 때는 아무리 부모라도 허락을 구해야 한다. 관계의 울타리에는 예외가 없다. 처음부터 선을 정해놓지 않으면, 이러지도 저러지도 못 하는 사이에 부모와 자식 간의 경계가 흐릿해진다. 처음부터 선을 긋는 자식의 행동에 부모는 너무 냉정하다며 서운해하거나 화낼 수 있다. 연을 끊겠다고 분노를 터트릴지도 모른다. 자식으로서는 부모와 경계를 세워야 한다는 사실이 혼란스러울 수도 있다. 그럼에도 그 경계가 자신만의 집에 평화를 가져다준다.

무엇보다 가족만의 영역이 우선되어야 한다. 그 영역을 보호하는 울타리, 기본적인 선 긋기가 필요하다. 이기적인 행동이 아니다. 울타리 밖의 관계를 잘 다지는 힘은 울타리 안에 있기 때문이다. 집마다 담과 문을 세우고 잠금장치를 달아놓는 것은 영역을 지키는 중요한 안전장치다. 필요에 따라 외부인에게 문을 열거나 닫는 결정은 집주인의 권리임을 잊지 말자.

○○　효도라는 이름으로 행하는 불효

결혼 이후에도 부모와 경계나 문턱 없이 지내는 태도를 효라고 보기도 한다. 점점 나이 들어가는 부모를 자식이 돌보고 배려하는 모습이 사이좋아 보이기도 한다. 그러나 부모가 단지 나이를 먹는다고 해서 무조건 자식의 돌봄이 필요하지는 않다. 연로해지는 부모에게 관심을 두는 태도가 나쁘다는 의미가 아니다. 오히려 건강하게 사시는 부모를 지나치게 챙기는 태도가 자칫 부모 손에 지팡이를 더 빨리 쥐어주는 행동일 수도 있다. 보다 넓은 차원에서 부모와 자식 간의 관계를 살펴보아야 한다.

한 친구에게는 일흔 중반이 넘은 시어머니가 계신다. 결혼 초반에 친구는 혼자 사는 시어머니를 배려하려고 직접 병원에도 모셔가고, 은행 업무 등 모든 외부 일들도 대신 처리했다. 남편은 그런 아내에게 내심 고마워했다. 친구 또한 이러한 일들이 며느리로서 당연히 할 일이라 여겼다. 문제는 지금의 자신보다 더 젊은 50대 초반이던 시어머니를 돌보아야 하는 존재로 여겼다는 데 있었다. 생각해보면 지병이 있거나 거동이 불편하시지도 않은데 굳이 모든 업무를 대행했어야 하나 싶다. 이제 친구의 시어머니는 누군가 데려다주지 않으면 어디도 가지 못한다. 자식들이 모셔가지 않으면 집 안에서 꼼짝을 하지 않으신다고 한다. 하다못해 가까운 식당조차 차로 모시고 가야 했다. 친구는 동네 병원도 자식들이 돌아가며 모셔다드리는 것이 당연한 일상이 되었다며 울상이다. 친구의 시어머니는 마치 신발이 없어서 밖을 나가지 못하는 사람 같다.

나에게도 비슷한 경험이 있다. 내 친정어머니는 마흔하나에 당신 남편과 사별했고, 자식들이 결혼으로 모두 떠나자 혼자 사시게 되었다. 맏딸인 나는 결혼하고도 친정어머니에게 자주 찾아갔다. 일이 생기면 어머니에게 달려갔으며, 좋아하는 것들을 챙겨드리고, 수시로 도우려 했다. 어느 날 문득 돌아보니, 내 가정보다 딸의 역할을 우선하는 나를 발견했다. 딸 역할을 우선시한다는 것은 곧 나 자신과 내가 속한 가족에게는 그만큼 소홀할 수밖에 없음을 의미했다. 이를 깨달은 순간, 친정어머니와 거리를 두기 시작했다.

친정어머니 생신날, 오랜만에 친가에 방문했다. 나를 배웅하러 버스 정류장까지 따라 나온 어머니는 이렇게 말씀하셨다.

"네가 자주 오지 않으니까 너무 외롭다."

어머니가 외롭다고 직접 표현하신 적은 그때가 처음이었다. 그 말을 듣자마자 "자주 찾아올게요"라는 말이 입 밖으로 튀어나올 뻔했다. 딸로서 죄를 짓는 마음이 들어 괴로웠지만 겨우 자제했다. 어머니의 외로움이 나의 책임은 아니라고 스스로를 다독였다.

이러한 나의 태도가 어머니를 변화시킨 것일까. 올해로 여든둘인 친정어머니는 여전히 혼자 살지만, 외로움을 자식들에게 의존하시지 않는다. 매일 아침 남산을 걷고 배드민턴을 치러 다니더니, 나중에는 게이트볼 동호회에 나가셨다. 놀라운 것은 그 연세에 게이트볼 아마추어 선수로 선발되어 제주도를 비롯한 각 지방을 순회하며 대회에 참가하신다는 점이다. 숙박·유니폼·식사·차량 등 대회에 참여하는 비용 대부분을 구청이나 시로부터 지원받는다고 한다. 2년 전 강원도에서 2박 3일 게이트볼 시합에 참여했을 때는 어머니 팀이 1등을 차지해 메달과 상금까지 받으셨다. 작년 4월에는 게이트볼 전국대회에 출전해 스물여덟 개 팀과 겨루어 우승을 거머쥐었다. 구청에 플래카드도 붙고, 구청장을 비롯한 많은 사람의 축하도 받았다고 한다. 어머니는 처음에 참가에 의의를 두었다가, 점차 동네를 넘어 구대회에서도 우승하니 욕심이 생기더란다. 매일 동호회에서 연습한 덕에 서울시 우승을 거머쥐었고, 결국 대표로서 전국대회까지 진출하게 되었다.

지금은 이렇게 전국을 일주하는 어머니이지만, 과거에는 동네에 친한 친구가 몇 분 없었다. 어쩌다 친구와 다투어 서로 등지면 어울릴 만한 사람이 부재했다. 지금은 함께 경기를 뛰는 동호회 사람들과 나이를 뛰어넘어 친구로 만난다. 그들과 운동하고 지방대회에도 함께하다 보니 더 자주 어울리고 식사모임도 잦다. 여러 맛집을 다닌 덕분에 아는 음식점도 많아졌다.

어머니를 만났을 때 여쭈어보았다, 지역구와 서울에서의 우승뿐 아니라 여러 번 전국대회 우승까지 거머쥔 비결이 무엇이냐고. 잠시 생각해보던 어머니는 "운이 좋았지"라고 말씀하셨다. 팀원을 잘 만난 것도, 우승을 거머쥔 것도 모두 운이 좋았다는 겸손이다. "대회까지 나갔는데 지면 남부끄럽잖아"라고 하시는 어머니는 사실 대표로 뽑혔기 때문에 더 책임감을 강하게 느꼈을 것이다. 다섯 명이 한 팀으로 출전한 경기에 민폐를 끼치지 않으려면 당연히 성실하게 연습해야 한다고 여기셨다.

게이트볼 덕분에 머리와 몸을 함께 움직이니 더욱 건강해지는 것 같다고 하신다. 게다가 시합을 앞두면 가슴이 벌렁거리고 긴장되는데, 그 나이에 가슴 벌렁거릴 일이 있다니 얼마나 감사한지 모른다고 즐거워하신다. 작년에 건강검진을 받은 어머니는 젊은 사람보다 뼈 골밀도가 더 높고 튼튼하다고 말씀해 주셨다.

어머니에게 "더 일찍 국가대표가 되었다면 금메달 따서 평생연금도 받고 좋았을 텐데"라고 농담하며 웃었다. 건강을 넘어 가슴 뛰는 취미를 찾은 어머니에게 진심으로 감사했다. 나 또한 나이 들어도 즐겁게 살 수 있다는 희망도 생겼다.

어머니는 자신을 돌보는 책임을 스스로에게 지우니 오히려 더 좋아지셨다. 더는 자식들이 찾아와서 돌보고 놀아주기만 바라지 않고, 직접 소일거리와 즐거움을 찾아다닌다. 만나는 친구들과의 관계에 더욱 집중하시는 것은 물론이다.

여든다섯에 건강하게 살고 계시는 시아버지도 오랫동안 운동을 하셨다. 예전에 시아버지는 당신의 수명을 70~80세로 여기셨다. 그래서 60대 초반에 일을 그만두고, 여생은 여행이나 다니며 즐겁게 살다 가면 되는 줄 아셨다. 그때는 이렇게 건강하게 오래 살 줄은 몰랐다며, 일을 일찍 그만둔 것을 아쉬워하셨다. 요즘 시부모 연배는 평균 수명이 100세를 향한다. 70~80대라도 관리만 잘하면 여전히 건강하게 활동할 나이라는 의미다. 앞으로 40~50대 기대 수명은 120세다. 30년 일하고 노년에 쉬다가 여생이 끝나는 시대는 지나갔다. 우리는 모두 두 번 혹은 세 번째 인생을 준비하는 것이 필수인 시대에 살고 있다.

이런 시대를 살아가는 우리가 건강한 부모를 돌보고 챙겨드리는 것이 진정한 효일까? 부모와 밀착해서 돌보아야 효도이고 거리를 두면 불효라고 생각한다면, 효라는 행위로 부모의 신발을 뺏어버리는 격은 아닌지 고민해보아야 한다. 동시에 이러한 태도는 자신의 신발도 같이 묶어버린다. 더 큰 차원에서의 진정한 효를 고민해야 할 요즘이다.

✓ 세상이 내려준 익숙함과 당연함에 질문을 던진다. 이것은 내가 진정으로 원하는 일인가, 아니면 부모의 틀과 세상의 틀에 맞춘 습성인가?

✓ 결혼 후 주어지는 아내·엄마·며느리 등 역할에 충실하기보다는 나 자신에게 먼저 최선을 다한다.

✓ 상대만 보고 하는 결혼은 환상임을 인지한다. 상대에 대한 환상은 결혼식이 끝나자마자 무참히 깨진다.

✓ 소중한 사람을 잃지 않기 위해서는 그를 잃을 마음의 준비가 우선되어야 한다.

✓ 자신을 다 내어주는 여자에게 남는 것은 없다.

✓ 가족 사이에도 지켜야 할 선이 있다. 그 경계를 명확하게 세운다. 서로 간의 분명한 거리가 가족 내에 평화를 가져다줄 것이다.

변화하기

결혼을 감옥으로 만들지 않기 위한 조언

○○

사랑이라는 이름으로 의존하다가
서로를 망치고 있지는 않은지 돌아보아야 한다.
거리 두기는 각자 자기만의
울타리를 세우는 것과 같다.

어린 시절, 잦은 잔병치레로 이부자리에 누워 있을 때가 많았다. 종일 혼자 누워 있기가 지루해 눈앞의 벽지를 따라가다 보면 천정에 이르러서는 무언가에 압도당하듯 가위눌렸다. 이는 아무도 모르는 혼자만 느끼는 공포로, 부모조차 나의 고통을 알지 못했다. 아무리 부모라도 덜어주거나 대신해줄 수 없었다.

무언가에 압사당할 것 같은 가위눌림은 결혼하고 시가에 살 때도 이어졌다. 다른 사람들에게 시가의 공기는 어항 속 물고기처럼 편안하고 아무렇지 않은 데 반해 며느리인 나에게는 숨쉬기조차 답답하게 느껴졌다. 그럼에도 왜, 무엇 때문에 답답한지 설명할 수 없었다. 나중에야 이런 나의 심정을 이해시켜줄 한 편의 소설을 읽게 되었다. 1892년에 발표된 샬롯 퍼킨스 길먼의 단편 소설 〈누런 벽지〉다.

의사인 남편과 사는 주인공 여자는 아기를 낳은 후 우울증과 신경쇠약을 앓는다. 남편은 아내를 위한다며 모든 활동을 금한다. 심지어 글(일기) 쓰는 일까지 중단시킨다. 의사 남편, 의사 오빠, 권위자인 위어 미첼 박사까지 모두 여자에게 '휴식 요법'을 권한다. 여자는 오히려 "자극과 변화와 더불어 마음에 맞는 일이야말로 내 건강에 좋다고" 믿지만, 남편이 들으면 "의사인 내 말을 못 믿겠소?"라고 말할 게 빤하기에 입 밖으로 꺼내지 못한다. 여자는 남편이 의사라는 사실이 자신의 병을 악화시키는 한 가지 이유인지 모른다고 생각한다. 여자의 병은 남편에게서 비롯되고 있었다. 문제는 남편이 애처가로서 사랑이 넘쳐 보인다는 데 있었다. 아내의 병을 걱정해 직접 돌보고 신경 써주는 남편의 모습은 누구에게도 문제로 보이지 않았다. 이런 남편과 집안 환경은 사랑이라는 이름으로 포장되어 아내를 보이지 않는 창살에 가두었다. 모든 일이 남편을 중심으로 판단되고, 제한되고, 결정되었다. 누런 벽지 무늬로 투영된 창살, 그 안에 갇힌 한 여성. 소설은 19세기 말에 결혼한 여자가 가부장 틀에 갇혀 서서히 미쳐가는 모습을 그로테스크하게 보여준다.

이 책의 작가 길먼은 미술 교사로 일하던 당시에 화가인 남편과 결혼했다. 길먼은 전통적인 여성의 역할을 원하는 남편과 갈등을 겪었다고 한다. 이듬해에 딸을 낳고 산후우울증과 신경쇠

약으로 신경과 의사인 위어 미첼을 찾아갔을 때, '육아와 가사에만 전념하고 지적 활동을 하지 말라'는 휴식 요법을 처방받고 이로 인해 더 극심한 신경증에 시달렸다. 후에 이 경험을 바탕으로 쓴 소설이 바로 〈누런 벽지〉다.

나 역시 길먼과 마찬가지로 둘째를 낳고 산후우울증을 겪었다. 당시에는 산후우울증이 산모에게 찾아오는 가벼운 감기 같은 증상으로 인식되었다. 나는 고립되어 끝도 없는 깊은 나락 속에서 헤어나오지 못했다. 내 고통은 그저 아기를 낳으면 흔히 겪는 일, 또는 개인적인 문제로 치부되었기에 이해받을 수도 없었다. 길먼처럼 신경과 의사에게 처방받지는 않았지만, 흔히 아기를 낳은 여자에게 주어지는 사형선고 같은 그 처방이 암묵적으로 내려졌다. 친정어머니와 시부모, 남편, 사회가 모두 똑같은 말을 건네는 듯했다.

'육아와 가사에만 전념하라.'

모두들 아이 키우고 살림하며 남편 뒷바라지하는 것이 여자에게 가장 큰 행복이라고 말했다. 여자의 삶을 육아와 가사에 한정 짓고, 빠져나갈 수 없는 창살에 가두는 것처럼 느껴졌다. 일상은 끝나지 않을 것 같은 시시포스의 형벌 같았고, 결국 우울증을 더 악화시켰다. 아무도 모른다, 여자가 결혼해 며느리·아내·엄마로서만 사는 게 왜 우울을 유발하는지. 멀쩡한 한 인간으로 살아오다가 부여받은, 주어진 역할만을 우선시하는 삶이 왜 우울한지 진짜 아무도 몰랐다.

'너는 아이만 잘 키우면 된다'는 권유는 겉으로는 여자를 배려하는 듯하지만, 사실은 개인으로서 여성을 죽이는 데 방점이 있다. 휴식 요법의 핵심은 "여성에게 책을 보고 글을 쓰는 등의 지적인 일과 사회활동을 금하는 데 있으니, '여성의 영역'을 설정해 여성 개인의 자기실현을 봉쇄하는 가부장적 규칙과 통하는 것이다."[*] 여기에는 개인의 존재가 아닌 '모성'만을 강조하는 엄마 역할, 집안일만 허용될 뿐이다.

덕분에 실체를 알 수 없는 무언가에 압도당한 듯 가위눌림이 지속되었다. 둘째를 낳고 삼칠일이 채 끝나지도 않은 상태였지만, 가위눌림에서 벗어나기 위해 몸부림치듯 책을 읽었고 스스로 할 수 있는 것을 찾아나섰다. 어떻게든 나를 지키며 삶의 의미를 만들어내야 했던 나날이었다.

[*] 샬롯 퍼킨스 길먼 외, 한기욱 옮김, 〈누런 벽지〉, 《필경사 바틀비》, 2010, 창비, 158쪽.

○○ 시어머니와 며느리라는 애처로운 관계

"사랑이 왜 이리 아픈가요? 이게 맞는가요? 나만 이런가요?"

노래 〈상사화〉 가사의 일부다. 시부모와 함께 사는 8년 동안 이 노래 가사처럼 읊조렸다.

"결혼이 왜 이리 힘든가? 이게 맞는가? 나만 이런가? 단지 시가에 산다는 이유만으로도 이렇게 괴로운가?"

시어머니는 처음 맞이하는 며느리에게 마음을 다 써주는 듯했다. 비록 당신은 층층시하에서 고되게 시집살이했지만, 며느리에게는 자신과 같은 고초를 겪게 하고 싶지 않다고 하셨다. 지난 30년 동안 시어머니가 며느리인 내게 화를 낸 적은 단 한 번이었다. 이후로 그 어떤 상황에서도 화를 내거나 잔소리를 늘어놓는 일은 없었다. 단지 내게 나이가 좀 들면(철이 들면) 당신의 마음을 알리라고만 말씀하셨다.

시어머니가 나를 생각하는 마음은 천사 같다. 내 건강을 늘 걱정하고, 내가 마음 편히 잘사는 것이 첫 번째라고 말씀하신다. 결혼 초에 시할머니 첫 생신 때 쓰러진 며느리를 보신 뒤로는 힘든 일을 시키지 않았다. 김치통 등 무거운 물건을 들어야 할 때도 시누이를 시켰다. 며느리를 시키느니 일주일에 한 번 도우미를 불렀다. 결혼한 첫해부터 시어머니는 내 생일마다 내가 좋아하는 송편을 한 상자씩 챙겨주셨다. 친정어머니에게도 받아본 적 없는 소소한 챙김에 '나는 복에 겨운 며느리'라고 여겼다. 남편과 시누이도 '세상에 이런 시어머니는 없다!'라고 말했다. 다른 사람들도 내가 좋은 시어머니를 만났으니 며느리로서 "고통을 겪을 이유가 없다"[*]고 생각했다. 누구보다 며느리인 나를 걱정하고 챙겨주고 애정이 넘쳐 보이는 시어머니이기에 겉으로는 고부갈등을 찾을 수 없었다.

그럼에도 마음속에서는 왠지 모를 거부감이 들었다. 어머니는 마치 노래 구간 반복을 튼 것처럼 내가 무슨 일을 해도 무조건 '잘한다, 애썼다, 고맙다'라고 하셨다. 그 말을 들을 때마다 나는 자꾸만 귀를 틀어막고 싶었다. 무척 힘든데, 왜 힘든지 알지 못했다.

[*] 같은 곳.

시어머니에게 마음의 문을 닫은 데에는 두 가지 이유가 있었다. 하나는 종교의 자유를 박탈당했을 때였다. 당시 내게 종교는 살기 위해 선택한 유일한 숨구멍이었다. 그 힘으로 겨우 버티는데, 그마저 빼앗긴 심정이었다. 또 하나는 결혼한 지 20년쯤 지났을 때였다. 시어머니와 그간 쌓인 속 깊은 이야기를 허심탄회하게 나누고 싶었다. 분명 어머니도 부족하고 살갑지 않은 며느리에게 서운함이나 불만이 쌓였을 테고, 나 또한 며느리이기에 하지 못했던 이야기들을 꺼내보고 싶었다. 그렇게 서로의 응어리진 마음을 풀어낸다면 유리된 벽을 깨고 거리감 없이 지낼 수 있으리라고 여겼다. 시어머니를 찾아가 이런 내 생각을 말씀드리고, 둘만의 대화를 하고 싶다는 마음을 전했다. 어머니는 화들짝 놀란 듯, 한 발짝 뒤로 물러선 태도로 이렇게 말씀하셨다.

"정말 진심으로 나는 지금까지 너에게 '눈곱만큼도' 불만이 없다."

어머니는 '눈곱만큼'이라는 말을 강조하셨다.

"나는 항상 너에게 고맙고, 네가 늘 건강하고 잘살면 더는 바랄 게 없다."

시어머니는 '천사표 시어머니'를 그만둘 생각이 조금도 없어 보였다. 아니, 어쩌면 지금의 유리된 관계를 깰 마음이 없는지도 몰랐다. 서운함이 전무하다는 어머니에게 그간 묻어두었던 감정을 꺼내 보일 수 없었다. 물론 어머니도 '무엇 때문에 그리 서운했느냐'고 묻지 않았다. 시어머니와 풀어내고 싶던 마음속 이야기를 나눌 수 없어 내내 아쉬웠다. 어머니의 성정이라면 우리가 대화 이후에도 거리감 없이 지낼 수 있으리라 여겼기 때문이다. 물론 어머니와 딸 같은 관계를 바랐던 것은 아니다. 단지 시어머니와 며느리 관계를 떠나 같은 며느리, 같은 여성으로서 살아온 긴 세월을 함께 이해할 수 있을 것 같았다. 감정을 공유하고 연대한다면 지금보다 훨씬 더 편안하고 친밀한 관계가 되리라 생각했다.

그날 이후 나는 여전히 며느리의 의무에만 머물렀다. 그리고 몇 년 후, 며느리 사표를 내면서 그 의무마저 그만두었다. 만약 그때 묵혀두었던 감정을 서로 이야기했다면 어떻게 변했을까? 어쩌면 며느리 사표까지 내지는 않았을지 모르겠다. 오히려 함께 손을 잡고 (동서와 시누이까지 합세해서) 시가의 불평등하고 전통적인 틀에 맞서 다른 변화를 꾀할 수 있지 않았을까. 이런 생각 또한 여전히 나의 순진한 착각일까?

앞서 언급한 샬롯 퍼킨스 길먼은 의사의 휴식 요법을 거부하고 남편에게 이혼을 요구했다. 19세기에 여성이 이혼을 요구하는 일은 이례적이었다고 한다. 길먼은 아내뿐 아니라 엄마 역할까지 거부했다. 여성에 대한 전통적인 역할에서 벗어나 자신의 길을 걸었다. 그제야 신경쇠약과 우울증에서 벗어났다고 한다.

1980년대 후반, 부모역할훈련PET이라는 부모교육 프로그램이 우리나라에도 도입되었다. 전통적인 양육 방식과 달리, 부모의 역할을 직접 배워서 아이를 양육한다는 점에서 젊은 엄마들에게 환영받았다. 이후 부모교육 강좌와 책들이 봇물 터지듯 쏟아졌다. 아이를 잘 키우고 싶은 엄마들이 강좌에 참여하고 책을 찾아 읽었다. 나도 연년생인 두 아이를 낳고 좌충우돌하며 혼란스러워할 때 부모역할훈련을 만났다. 새롭고 합리적이며 현대적인 부모교육을 접하면서 좋은 양육자란 어떠해야 하는지 배웠다. 그러나 배운 바를 실천하는 것은 또 다른 문제였고, 죄책감만 늘어났다. 좋은 양육자가 되려고 배운 공부는 오히려 스스로가 부족하고 무능한 엄마라는 족쇄로 돌아왔다. 늘 '아이를 잘못 키우는 것은 아닌가'라는 생각으로 불안했다. 죄책감이 들

때마다 내가 엄마라는 사실 자체가 고통스러웠다. 부족한 나 같은 엄마를 만난 아이들에게 미안했다.

이후 부모교육 강사로 활동하며 부모의 역할과 심리에 대해 더 많이 공부하게 되었다. 공부할수록 살아오며 겪었던 고통과 상처를 비롯한 모든 문제가 나를 이렇게 키운 친정어머니 탓 같았다. 내 어머니는 자식을 키우면서 알게 모르게 상처도 주고 잘못도 했지만, 자식에게 미안해한 적이 없었다. 오히려 스스로 희생했다며 큰소리쳤다. 그런 어머니를 보면서 부모로서 건강한 양육이 무엇인지 모를수록 자식에게 죄책감을 느끼지 않는다는 사실을 깨달았다.

이는 남편도 마찬가지였다. 아이들의 양육을 걱정하는 내게 "요즘 애들은 다 그래. 그러면서 크는 거야"라며 별일 아닌 일로 치부하고 둔감했다. 아내 혼자 힘들어하는 이유를 이해하지 못했고, 너무 예민한 게 아니냐고 말할 정도였다. 남편과 아이를 바라보는 시선 자체가 달랐기에 양육 부담과 고민은 온전히 나 한 사람의 몫이었다. 무엇보다 남편은 아이 양육을 엄마의 역할로 한정했다.

사실 고백하자면 나도 친정어머니를 그렇게 보았다. 우리 엄마는 그냥 태어날 때부터 '엄마'인 줄 알았다. 당연하게 엄마는 집안 살림과 아이 돌봄, 남편에게 헌신하는 존재라고 여겼다.

그런 역할을 해내지 못하는 엄마가 자격 미달이라 생각하고 불만을 품었다. 내가 엄마가 되기 전까지 친정어머니에게도 한 여성으로서 개인의 삶이 있음을 상상해본 적이 없었다.

생각해보면 오랫동안 어머니를 원망하면서 감옥 안에 나를 가두고 살았던 것 같다. 스스로 책임지기보다는 '어머니가 나를 이렇게 키웠으니까'라는 핑계로, 내 불행을 부모 탓으로 생각했다. 이는 스스로 최선을 다하지 않아도 되는 합리적인 이유처럼 보였다.

나도 모르게 '엄마'라는 기준을 세운 것은 텔레비전 매체 탓인지도 모른다. '엄마라면 이런 모습이어야 해'라고 누구도 말하지는 않았지만, 드라마 〈전원일기〉의 김혜자 씨를 엄마의 대표적인 이미지로 생각했다. '국민 엄마'로 자리 잡은 드라마 속 김혜자 씨 이미지와 나의 엄마는 달라도 너무 달랐다. 동시에 엄마가 된 나 자신도 자애롭고 헌신적이지 못하기는 마찬가지였다.

친정어머니가 '희생적인 엄마'라는 틀을 쓰고 있었다면, 현대적인 부모교육을 공부한 나는 '자애로운 엄마' 가면 안에 살았다. 이 엄마 가면들은 신화 프로크루스테스 침대와도 같다. 기준에 맞지 않으면 잡아 늘이거나 잘라버린다. 그 과정에서 이도 저도 못 되고 혼란을 겪으며 얼마나 많은 실수와 잘못을 되풀이했는지 모른다. 지나간 날들을 돌릴 수는 없는데, 아이들이 받은 상처를 알면 알수록 괴로웠다.

엄마로서 죄책감에서 벗어나기 힘들 때 심리학자 제임스 힐먼의 책《나는 무엇을 원하는가》를 만났다. 그는 책에서 '우리가 몰랐던 부모에 관한 잘못된 생각'을 밝힌다. "부모가 자신의 아이를 선택하는 것이 아니라, 아이가 부모를 선택한다"라고 주장한다. 그는 아이 영혼이 자신에게 가장 적합한 주파수 상태인 부모를 선택해서 태어난다고 한다. 하필 아이가 부족한 엄마인 나를 만나 상처받고 힘들었던 것이 아니라, 아이와 엄마가 서로 영혼의 주파수가 같아서 만났다는 말이다. 이는 즉 모든 선택에 대한 책임이 어머니뿐 아니라 자식에게도 있다는 의미다. 주파수에 맞는 어머니를 자식이 선택했고, 어머니의 고통과 같은 크기의 고통 속에 살아왔다는 의미였다. 부족한 나를 직접 선택해서 온 자식이 성인이 된 이후 어떻게 사느냐는 전적으로 자식의 책임일 뿐이다.

어느 날 텔레비전에 시장 한편에서 낡은 식당을 운영하는 80대 여자가 소개되었다. 40년 전 남편이 죽은 이후 여자는 아무것도 없이 아이들과 자신만 남겨졌다고 한다. 버스를 타고 무작정 내려 터 잡은 장소가 지금 장사하는 곳이라고 한다. 오로지 아이들을 데리고 스스로의 힘으로 먹고살아야 한다는 생각만 있었다. 다른 식당과 똑같은 음식으로는 경쟁력이 없다고 판단해 색다른 메뉴를 개발했다. 다행히 호응이 좋아서 그곳에서 40년을 장사할 수 있었다고 한다. 아이들이 굶지 않고 먹고살 수 있었지만, 좋은 것을 먹이지 못하고 학교 공부를 다 마치도록 뒷바라지하지는 못했다고 한다. 그러나 여성은 "나는 (아이들에게) 부끄럽지 않다"라고 표현했다. 아이들을 보육원에 보내지 않고 두 손으로 일해서 먹이고 키워온 것만으로도 큰일이라는 자신감이다. 이제는 세월이 흘러 허리도 굽은 여든이 넘은 여자에게서 과하지도, 위축되지도 않은 당당함이 느껴졌다. 엄마이자 부끄럽지 않은 자신으로 살아온 주체적인 존재로서 빛이 났다.

이 여성을 보면서 늘 스스로 부족한 엄마라고 여겼던 나 자신을 돌아보았다. 동시에 불만 가득한 눈으로 바라보던 친정어머니를 다시 보게 되었다. 마흔하나에 혼자가 된 어머니는 재혼이라도 할까 봐 걱정하는 주위의 우려에도 아랑곳하지 않고 자식들을 떠나지 않으셨다. 비록 어머니로부터 좋은 돌봄을 받지는 못했지만, 최소한 우리 집과 어머니가 계셨기에 우리 형제들은 여기저기 흩어져 살지 않을 수 있었다.

그동안 나는 마치 '훌륭한 어머니'라는 환상에 맞추어 지금과 달라지기 위해 공부하고 애썼다. 내 어머니의 행동과 태도를 닮지 않기 위해서였다. 결과적으로는 나 역시 아이들을 잘 돌보지 못했다. 그럼에도 보다 나은 양육자가 되려고 노력했고, 지금은 엄마로서 부끄럽지 않다.

딸이 사춘기 때였다. 친정어머니 탓을 했던 내가 품고 있던 말을 딸이 내게 건넸다.

"엄마가 나를 이렇게 키웠잖아?"

당시에는 당황해서 대꾸하지 못했는데, 지금은 다르다. 언제라도 다시 이 말을 듣는다면 다음과 같이 대답해줄 것이다.

"그런 엄마를 네가 선택했잖아! 그러니 그 선택에 대한 책임도 너 자신이 져야지."

최근에 친구 딸이 결혼했다. 결혼식에 참석해 오랜만에 친구를 만났다. 딸을 결혼시키는 기분이 어떠냐는 물음에 친구 얼굴은 이내 어두워졌다. 딸이 스물다섯 이른 나이에 개인으로서 누릴 자유를 너무 빨리 끝내는 안타까움이 표정에 드러나는 줄 알았다. 오히려 친구는 딸을 보고 싶을 때마다 바로 볼 수 없다는 사실을 힘들어했다. 평소에 딸과 그리 친밀한 관계도 아니었기에 의아했다. 친구는 너무 빨리 부모를 떠나니 자신보다는 남편과 시가에 마음이 더 가지 않겠느냐며, 마치 딸을 빼앗기는 기분이라고 했다.

　또 다른 친구는 아들이 군입대를 했다. 내 경험을 떠올리며 "시원섭섭하겠다"라고 위로했다. 무척 슬픈 얼굴로 친구는 아들만 생각하면 불안하고 걱정되어 잠을 설친다고 하소연했다. 군대의 특수성과 언제 일어날 지 모르는 여러 가지 사건들을 걱정하는 줄 알고, 요즘에는 군대 복지도 좋아졌으니 너무 걱정하지 말라고 격려했다. 알고 보니 친구는 아들이 사라진 빈자리를 걱정하고 있었다. 입대한 지 겨우 두 달 지났는데 마치 2년은 흐른 것 같다며 제대할 날짜를 생각하면 까마득하다고 눈물을 글썽거렸다.

그들의 심정은 이해한다. 보통 아이를 낳은 여자는 자신의 이름보다는 '아무개 엄마'로 더 많이 불린다. 그러나 자칫 본래의 자신과 '아무개 엄마'라는 역할을 동일시해서는 안 될 것이다. 엄마 역할은 마치 옷처럼 필요할 때마다 입었다 벗을 수 있어야 한다. 한 가지 역할을 개인으로서 자신과 구분하지 못한다면 자칫 그 역할은 피부처럼 박제되어 자신 자체가 되어버릴 수 있다.

나는 역할 옷을 23년이 지나서야 벗을 수 있었다. 23년 만에 나 자신으로 돌아왔다고 기쁘고 홀가분하며 자유롭다고 느꼈을까? 아니었다. 너무 오랫동안 입고 있던 옷들을 벗고 나니, 앞으로 어떻게 살아야 할지 막막했다. 엄마뿐 아니라, 아내, 며느리 역할까지 모두 내려놓고 나니 진정 나는 누구인지, 원하는 삶이 무엇인지 혼란스러웠다. 그다음 갈 길을 준비하지 않았기 때문이다. 이 모든 것에서 벗어나면 이내 불행 끝, 행복 시작일 줄만 알았다.

나중에야 이런 생각이 들었다. '엄마도 졸업이 필요하다!' 영화 〈리틀 포레스트〉를 보면서 깨달았다. 영화 속 등장인물 혜원(김태리)의 엄마(문소리)가 꽤 여운이 남았다. 딸인 혜원의 고3 시험이 끝나는 날, 엄마는 집을 떠났다. 극중에서 엄마는 먼 거리를 매일 통학하기가 힘들다며 도시로 이사 가자고 투덜대는 딸이 고등학교를 졸업할 때까지 마을을 벗어나지 않았다. 그런 그가 먼저 집을 떠난다. 어디로 갔는지 말하지 않았고, 그 이후에도 어떻게 사는지 아무것도 남기지 않았다. 처음에 딸은 그런 엄마에게 분노하고 버림받은 느낌이 들었다가 점차 시간이 지나면서 깨닫는다, 엄마는 이제 엄마가 아닌 자신으로 돌아갔다는 사실을. 그리고 이제 자신도 누구의 딸이 아닌 성인으로서의 자신을 살아내야 한다는 것을.

혜원의 엄마는 딸이 고3 시험을 치르는 날을 '엄마를 졸업하는 날'로 정했을지 모른다. 엄마로서 할 일을 다했으니 이제 자신의 삶을 쓰겠다는 것이다. 반면에 나는 그 준비를 하지 못했다. 며느리 사표를 냄으로써 이전 삶에 혁명을 이루었고, 다른 삶으로 나아갈 기회가 왔지만, 막상 길을 잃어버렸다. 만약 여자들에게 며느리·아내·엄마로서 끝이 있다는 사실을 알았다면 우리는 미리 준비했을 것이다.

학생이 학교를 졸업하고 사회인으로 나아가는 것처럼, 엄마도 졸업하고 다시 자신으로 나아가야 한다. 지금도 늦지 않았다. 아이에게 독립할 때가 오면 부모 또한 독립을 준비하는 것이다. 그동안 역할에 매여 살아내지 못했던 진짜 자신으로 돌아갈 절호의 기회다.

부모·자녀와의 정을 끊어내기는 모질고도 고통스럽다. 그러나 이 기회를 놓친다면 여전히 남은 생을 '아무개 엄마'라는 껍데기로 남을지도 모른다. 자녀를 걱정한다는 이유로 여전히 잔소리를 되풀이하거나 도와준다며 간섭하는, 자식에게 가장 해를 주는 존재가 될 수도 있다. 이것이 영화 속 혜원의 엄마가 미련 없이 냉정하게 떠난 이유일지도 모른다.

그렇다면 어떻게 독립을 준비해나갈 것인가? 만약 아이가 지금 열 살이라면 독립하기까지 10년 정도 남았다고 본다. 남은 10년 동안 장기계획을 세워보는 것이다. 핵심은 '경제적·심리적·물리적 독립이 되어 있는가'이다. 스스로 1인분의 삶을 책임질 수 있어야 한다. 만약 한 가지라도 준비되지 않았다면 부족한 것부터 먼저 준비한다.

'엄마니까, 부부니까, 가족이니까'라는 이유로 희생하고 책임질 이유가 없다. 각자 자기만 잘 책임진다면 왜 누군가의 희생이 필요하겠는가. 이는 무조건 뿔뿔이 집을 떠나고 이혼하라는 의미가 아니다. 집을 떠나지 않고서도 각자 1인분의 책임을 다할 수 있다. 오히려 모두가 주인인 가족 공동체가 된다면 훨씬 풍요로워질 것이다.

여자는 엄마가 되기 위해 민족중흥의 역사적 사명을 띠고 이 땅에 태어난 것이 아니다. 양육자로서 아이가 성인이 될 때까지만 맡은 역할을 충실히 할 뿐이다. 어떤 역할이든 종신제가 아니므로, 특정 시점에 도달하면 끝내야 한다. 성인이 된 자식에게 삶을 스스로 책임지게끔 넘겨주고 빠지면 된다. 마치 이어달리기에서 바통을 넘겨준 주자가 뒤로 물러나듯이 말이다.

자, 이제 바통을 넘기고 진짜 자신의 인생을 살아보자.

의존은 사랑이 아니다

사랑한다고 말할 때 그 사랑의 실체가 진짜인지 아니면 의존에 기반한 밀착인지 어떻게 알 수 있을까?

예전의 나는 의존에 기반한 밀착을 사랑으로 착각했다. 친정어머니나 시부모에게는 효라는 의미로, 남편과는 사랑이라는 이름으로 밀착했다. 아이들에게는 진짜 밀착이 필요한 영유아 때는 거리를 두다가, 자라고 나서는 사이좋은 관계를 표방하며 밀착했다. 반면에 거리 두기를 곧 소외나 버림받음이라고 생각했다. '며느리 사표'를 내고 나서 보니, 그 반대임을 알았다.

밀착과 사랑은 같아 보이지만 그렇지 않다. 밀착에는 누군가의 희생이 따른다. 누군가의 희생이 일어날 때 다른 누군가는 편안할 수 있을 것이다. 하지만 이는 모두에게 결핍을 가져다준다. 한 사람의 헌신을 여러 사람이 나누어 가지니 모두에게 늘 부족하게 마련이다. 게다가 희생하는 본인도 누군가에게 의존하느라 자신의 역량을 제대로 발휘하지 못한다. 내 경우에는 오랫동안 스스로를 돌보고 책임지지 않은 탓에 내가 누구인지, 내 능력이 어디까지인지 잘 알지 못했다. 스스로 능력 없고 부족한 사람이라 여겨 더욱 의존에서 벗어나기 두려워했다.

정은 씨는 이혼 후 직장을 다니며 혼자 힘으로 아들을 대학까지 공부시켰다. 그렇게 애면글면 키운 아들은 20대 중반이 되었는데도 마치 '침대 밖은 위험하다'는 듯이 방 밖으로 나오지 않았다. 군대도 면제받고 대학도 졸업했지만 취직할 생각이 없어 보였다. 아들의 인생은 점점 바퀴벌레 삶이 되어갔다. 대낮에도 빛 한 줄기 들어오지 못하게 방 안을 암막 커튼으로 막았다. 답답하다며 커튼을 젖히려는 엄마에게 아들은 기겁하고 화를 냈다. 엄마가 잠자는 깊은 밤에 몰래 일어나 한꺼번에 서너 끼를 털어 넣은 뒤에 다시 방에 들어가는 한편, 엄마가 집에 있을 때는 화장실조차 가지 않았다. 마치 숨바꼭질이라도 하는 듯했다. 용돈을 끊으면 밖에 나가 일할까 싶었지만, 신기하게도 아들은 돈이 없어도 아무렇지 않아 보였다. 그도 그럴 것이 자기 방으로 담을 쌓고, 배고프면 냉장고나 주방을 뒤져서 배를 채우니 생계가 가능했다. 아예 집에 먹을 것조차 없을 때는 엄마의 주머니에서 돈을 가져가 쓰기도 했다.

답답한 마음에 붙잡고 취직 이야기를 하는 정은 씨에게 아들은 "나도 노력하고 있어"라며 오히려 더 성을 냈다. 취직할 때까지 파트타임이라도 구하라고 권했다. 그럼에도 아들은 "요즘은 아르바이트 자리 구하기도 어려워"라며 집 밖을 나설 시도조차 하지 않았다. 정은 씨는 이러려고 혼자 힘들게 아들을 키웠나 싶어서 서글프고 억울하고 분통 터진다고 했다. 고민을 거듭한 정은 씨는 마침내 용기 있는 결단을 내렸다.

아들을 집에서 내보냈다. 노력할 테니 취직할 때까지만 있게 해달라는 아들의 호소에 마음이 약해졌지만 냉정하게 방만 얻어주었다. 아들은 진짜 굶어 죽지 않으려면 스스로 일해야 했다. 1년 정도 파트타임을 전전했다. 그 돈으로는 매일 일해도 겨우 방세 내고 생활비 쓰면 남는 것이 없었다. 이렇게 산다면 10년이 지나도 희망 없다는 계산이 나왔다. 월세도 너무 아까웠다. 아들은 어차피 종일 일해야 한다면 그 시간에 직장을 다니는 편이 낫겠다는 판단이 들었다. 취업준비생이 된 아들이 여기저기 시험을 보러 다니는가 싶더니 마침내 정규직으로 취직했다. 정은 씨의 기쁨은 누구보다 컸다. 이제 스스로 자기 인생을 가꾸겠구나 싶어 안도했다. 밤낮이 바뀐 탓에 아르바이트조차 밤일만 하던 아들이 여덟 시 출근을 지키다니 기적 같았다. 사람은 필요하면 어떻게든 살아갈 수 있다는 사실을 깨달았다. 잔소리는 필요 없었다. 단지 거리 두기로 의존을 끊으니 자식이 필요한 바를 스스로 찾아갔다.

이제 어엿한 직장인이 된 아들이 최근에 이런 고백을 하더란다. 사실 엄마와 살 때는 입으로만 취직하겠다고 말했지, 진짜 취직하리라고는 꿈에도 생각하지 못했다고 한다. 방안에만 머물 때는 취직이 그와 전혀 다른 세상 이야기였다. 그는 집에서 쫓겨날 때 마치 세상에 버림받는 것 같고, 혼자 어떻게 살아야 할지 막막했다고 고백했다. 엄마를 이해하지 못할 바는 아니지만, 집을 나가면 곧 죽음이라고 생각했기에 원망스럽고 화도 나고 무서웠다고 한다. 그러나 그때 내쫓기지 않았다면 본인은 침대에서 한 발짝도 움직이지 않았을 것 같다며 엄마에게 고마워했다.

아들이 어릴 때 이혼한 정은 씨는 부모의 이혼이 혹시나 아이에게 문제가 될까 늘 노심초사했다. 자상하고 좋은 엄마가 되기 위해 아들의 의견을 존중하고, 야단치기보다는 기다려주고, 아들 입장에서 이해하며 키웠다고 자부했다. 나중에야 깨달은 사실은, 아이에게 친밀함도 중요하지만 커가면서 거리 두기도 필요하다는 점이었다. 다 큰 아들을 계속 기다려주고 이해하려고만 했던 양육 태도가 문제였다.

아들을 내보내야 한다고 결심했을 때는 한편으로 아들이 측

은했고, 다른 한편으로 자신이 마치 자식을 버리는 것 같았다. 이러다가 영영 멀어지지는 않을지 걱정되고, 혼자 남는 현실이 두렵기도 했다. 이로써 아들만 엄마를 의존했던 것이 아니라, 자신도 아들에게 의존했다는 사실을 알았다. 거리 두기는 서로에게 독립하는 방법이기도 했다. 고통스러운 결정이었지만 그 단호함이 아들을 살려냈다. 덕분에 아들도 아들의 인생을, 정은 씨도 다시 자기 인생을 시작하는 걸음마를 내딛었다.

우리는 사랑이라는 이름으로 의존하다가 서로를 망치고 있지는 않은지 돌아보아야 한다. 거리 두기는 각자 자기만의 울타리를 세우는 것과 같다. 나도 경험하기 전에는 이 의미를 이해할 수 없었다. '며느리 사표'를 기점으로 남편과 시부모에다가 딸과 아들까지 거리 두려니 괴로웠다. 시부모에게 못 할 짓 같고, 남편은 고통스러워하는 데다가, 딸·아들을 내쫓는 것처럼 보일 수 있었다. 그러나 지나고 보니, 거리 두기는 스스로를 돌보며 책임을 다하게 도와주었다. 우리 가족은 누군가의 헌신 없이도 스스로 필요한 것을 만들고 또 찾아가고 있다.

○○ 착한 여자에게 오는 복은 없다

한 친구는 시가살이로 힘들 때마다 그의 친정어머니가 가르쳐 준 한마디를 기억했다.

"착하게 살면 언젠가는 반드시 복을 받을 게다."

이와 더불어 "조금 힘들어도 시부모에게 순종하며 남편 뒷바라지 잘하고, 아이들 잘 키우면 (분명) 사랑받을 것"이라고 말씀하셨다. 남편은 세 아들 가운데 막내였다. 아들만 셋인 시어머니는 자식이 결혼할 때마다 며느리에게 시가의 풍습을 가르쳐야 한다며 2년 정도 함께 산 뒤에 분가시켰다. 친구는 결혼 후 3년을 시가에서 살았는데, 착하고 순종적이어서 다른 두 며느리보다 편했기 때문이다. 시어머니는 시가 가까운 곳에 분가할 집을 얻어주었다. 덕분에 전업주부였던 친구는 하루가 멀다 하고 시어머니의 호출을 받았다.

친구의 시가살이는 군대 이등병처럼 고달팠다. 친구는 시어머니가 시키는 대로 일했다. 넓은 옛 2층 양옥집 마루를 반들거리도록 닦아야 했다. 시어머니는 두 무릎을 꿇고 걸레를 접어가며 마루를 닦으라고 가르쳤다. 세탁기가 있었지만, 이불과 웬만한 옷들을 욕조에서 발로 밟아가며 빨았다. 게다가 시아버지 가게 일도 도와드렸다. 결혼 후 7, 8년쯤 지났을 때, 한쪽 무릎 연골이 파열되었다. 그럼에도 절뚝거리며 시가의 집안일과 가게 잔심부름을 도왔고, 이후 나머지 무릎까지 파열되었다. 그러고도 시가의 잔일에서 벗어나지 못했다.

남편이 벌어다 주는 돈을 아낀다며 친구는 5000원짜리 티 한 벌 사 입는 것도 고민했다. 이런 자신의 알뜰함을 알아줄 줄 알았지만, 남편은 대기업에서 함께 일하는 멋진 여자들과 아내를 비교하며 무시했다. 결혼 생활 15년쯤 지나, 친구는 자궁암 진단을 받았다.

"암에 걸리니까 어떻게 살아야 할지 정리가 빨리 된다."

병문안을 간 내게 친구는 담담히 말했다. 희망 없이 살다가 죽음 앞에 다다라서 정신이 번쩍 난 것이다. 친정어머니가 말한 복은 아무리 열심히 애를 써도 오지 않는다는 사실도 깨달았다. 복은커녕 몸에 차곡차곡 고통만 쌓였으니까. 친구는 수술실로 들어갈 때 지난 세월이 주마등처럼 흘렀고, 눈물을 흘리며 홀로 다짐했다고 한다.

'다시는 이렇게 살지 않겠다.'

작은 회사에서 경리로 일하는 20대 후반 은비 씨도 '착한 여자 콤플렉스'에서 벗어나지 못하는 전형적인 사례다. 은비 씨에게는 8년 동안 사귄 애인이 있다. 그러나 결혼은 꿈도 꾸지 못한다. 알코올 중독인 아버지, 우울증을 겪는 어머니를 경제적·육체적으로 돌보는 상황이기 때문이다. 게다가 적은 월급을 떼어 대학생인 남동생의 학비까지 대주고 있다. 은비 씨는 어릴 때부터 어른스럽고 착하게 행동해서 부모나 주위에서 칭찬을 들었다고 한다. 어머니는 어린 그에게 "내가 네 덕분에 산다. 네가 없었으면 엄마는 벌써 죽었을 거야", "엄마는 너밖에 없어!"라는 말을 자주 하셨고, "효녀 딸!"이라고 부르곤 했다. 은비 씨는 이런 말을 들을 때마다 인정받고 특별대접받는 것 같아 좋았다고 한다. 그럴수록 더욱 열심히 어머니를 돕고 집안일과 동생 돌봄까지 자청해왔다. 그 책임이 버겁거나 우울할 때도 많았지만 언제나 밝게 웃었다. 자신의 웃는 얼굴이 조금이나마 엄마에게 힘이 된다는 사실을 알기 때문이었다. 은비 씨의 밝고 착한 모습은 지금도 계속 이어지고 있었다.

은비 씨를 처음 만났을 때, 언제나 누구를 만나든 생글거리며 웃는 얼굴이 인상 깊었다. 이런 모습에 주위 누구도 은비 씨의 우울한 상황을 눈치채지 못한다고 한다. 은비 씨는 사람들 사이에서 조금만 벗어나면 이내 우울해졌다. 문제는 착한 딸로 사느라 자신의 삶을 누리지 못한다는 데 있었다. 밑 빠진 독에 물을 붓듯, 해결해야 할 집안 문제들은 끊이지 않았다. 그는 자신이 아니면 집안이 무너진다는 생각이 뿌리처럼 자리 잡혀 그 큰 짐들을 내려놓지 못했다. 그나마 품고 있는 희망이 있다면 '착하게 살면 언젠가는 복을 받는다'는 격언이었다.

내 친정어머니 역시 착해야 복을 받는다는 믿음으로 살아오신 듯했다. 다만 무조건 자신이 참으면 된다고 인식했던 듯하다. 남들에게 싫은 소리를 하지 못했다. 심지어 당연한 권리를 주장해야 할 때조차도 말하기를 힘들어했다.

예전에 살던 집은 점포와 월세방이 결합된 형태로, 어머니는 점포 임대료로 생활했다. 어머니는 알아서 주는 임대료는 받아도, 월세가 밀리면 달라는 말을 하기 어려워했다. 점포에 오랫동안 세 든 가게 아저씨는 '장사가 안 된다'며 월세를 습관적으로 미루었다. 참고 참다가 겨우 입을 열면 그나마 밀린 세를 조금 받아낼 수 있었지만, 달라고 말하지 않으면 모르쇠로 일관했다. 어머니는 이 때문에 스트레스받고 괴로워하면서도 아저씨에게 "세를 계속 밀리면 가게를 비워주세요!"라고 말하지 못했다. 아저씨의 가게 장사는 어머니 집이 팔릴 때까지 이어졌다.

말할 것도 없이 어머니는 10년 넘게 월세를 받아내느라 괴로워하셨다.

어머니는 우리를 키우며 욕 한번 하지 않은 것을 자랑처럼 이야기했다. 사실 이는 진짜 착해서가 아니라, 모든 게 겁이 나서 말하지 못했기 때문이다. 어머니를 닮아서인지 나도 욕 한번 하지 못하고 살아왔다. 내 안에 욕이 없어서가 아니라 뱉어본 적이 없으니 나오지 않았던 것이다. 이런 태도는 누군가 욕하는 소리도 받아들이기 어렵게 했다. 친구들이 친근함의 의미로 '기집애'라고 말하는 것조차 욕으로 들렸다. 남편과 싸우면서 욕이나 막말을 해본 적이 없고, 남들과 싸워본 적도 없다. 싸우려고 하면 심장이 벌렁거려 아무 말도 꺼내지 못했다. 좋은 사람이어서가 아니다. 그저 나도 어머니처럼 모든 게 두려워서 피해왔던 겁쟁이였다.

지금은 소리도 지르고 장난스러운 욕도 뱉는다. 남편에게 '조폭 마누라'라는 소리를 들을 정도로 변했다. 이제는 무엇이 진짜 착한 것인지 안다. 외부에 착하게 굴려다가 정작 자신에게 가장 잔인해진다는 사실을, 그 끝은 스스로를 죽이는 수밖에 없다는 사실을 깨달았다.

착한 여자들에게 오는 복 같은 것은 없었다! 착한 콩쥐로 살았던 친구에게 다가온 암은 착하게 살면 복을 받는다는 신념을 깨뜨리라는 초대장이었다. 지금 친구는 부자인 남편의 돈이 아닌 자기 일을 하며 번 돈으로 필요와 원하는 바를 직접 충족하고 있다. 사회생활을 하면서 그간 몰랐던 자신을 발견하고, 이로써 또 다른 자신에게 눈을 뜨는 계기를 마련했다. 친구 안에 살던 착한 여자는 이제 죽었다. 지금은 자신이 누구인지, 어떤 매력이 있는지 아는 당당한 자신으로 다시 태어났다.

○○ 여자에게만 주어진 의무는 사양합니다

몇 년 전, 시어머니는 뚜렷한 이유 없이 몸이 편찮으셨다. 동네 병원부터 대학병원까지 이곳저곳 전전하며 검사하고 진찰을 받았지만, 딱히 병명이 밝혀지지 않았다. 시어머니는 병원을 가도 별 차도가 없다며 계속 시름시름 앓았다. 검사 결과로는 이상이 없다는데 이유가 무엇일까. 행여 스트레스받는 일이나 신경 쓰는 일이 있는지 여쭈어보았다. 이런저런 이야기 끝에 어머니가 슬쩍 꺼낸 말씀은 "나, 밥하기가 싫다"였다. 여든의 연세에도 여전히 밥에서 벗어나지 못했다는 사실에 내심 놀랐다.

"어머니, 싫으면 안 하시면 되잖아요?"

어머니는 깜짝 놀란 표정이었다. '그게 말이 되니?'라고 묻는 것 같았다. 어머니에게 밥은 여자가 평생 해야 하는 일이라는 신념이 뿌리박혀 있었다. 그 굳은 신념은 곧 죄책감을 일으켜 어머니 몸을 아프게 했다. 게다가 어머니가 아프면 시아버지와 함께 식당에서 식사를 해결할 수 있었다. 그러니 아프면 밥을 안 해도 되는 정당한 이유가 생겼다.

시어머니의 결혼 인생 60년, 대가족의 맏며느리라는 짐을 지고 밥을 해왔으니 그만두고 싶은 그 마음이 충분히 이해되었다. 어머니에게 1년 동안 밥을 하지 않아도 괜찮았던 내 경험을 말씀드렸다. 밥을 안 해도 여자가 벌 받는 일은 일어나지 않는다고, 밥은 하고 싶을 때 하면 되지 않느냐고 여쭈었다. 그 이야기를 듣는 어머니는 놀라셨지만 한편으로는 마음의 위로를 받는 듯했다. 그럼에도 여전히 여자가 밥하지 않는 것을 받아들이지는 못했다. 하는 수 없이 간단하게 식사 준비하는 몇 가지 방법을 알려드렸다. 어머니 몸은 이내 회복되었다. 밥 외에도 선택할 다른 여지들이 생긴 덕분이다.

여자들에게 밥하기 싫은 이유는 힘들어서가 아니라 '여자에게만' 강요된 일이기 때문이다. 명절과 제사도 같은 이유다. 그럼에도 여자에게 밥하기 싫다는 마음은 어디에도 받아들여질 여지가 없었다.

"여자는 ~해야만 한다"라는 말을 가정·학교·사회에서 숱하게 들어왔다. 태어나면서부터 이미 '여자의 일'이 따로 정해져 있는 듯했다. 아무도 알아주지 않는 집안일에는 여자들의 의무로 끝이 없었다. 내 어머니, 시어머니, 어머니의 어머니로부터 이어지는, 여자의 삶이 고달팠던 이유였다.

여자라서 해야만 하는 일들 때문에 주체적인 자신으로 살 수 없었다. 예전에 우리 집에는 집주인이 없었다. 손님 같은 남편과 아이들, 그리고 집안일을 해야만 하는 여자가 있을 뿐이었다. 주부로서 밥하고 살림을 해왔지만, 주어진 일들을 습관처럼 기계적으로 해왔을 뿐이었다. 집안일이 싫고, 일하기도 전에 피곤해졌다. '여자에게 주어진 당연한 일'이라는 족쇄는 가족에게도 강요로 이어진다. '남편이니까 당연히 돈을 벌어와야지', '자식이니까 부모를 따라야지', '학생이니까 공부를 열심히 해야지' 등 역할에 따라 해야만 하는 일을 찾으면 끝이 없다. 당연함에 갇히면 사는 것이 끔찍해진다.

그렇다면 이 '해야만 한다'라는 악순환에서 어떻게 벗어날 수 있을까? 나의 경우에는 이혼을 선언하면서 '주어진 의무 거부하기'를 선택해왔다. 해야만 한다는 강요는 나에 대한 폭력이니까. 가장 먼저 1년 동안 밥을 하지 않았고, 명절 제사에 참여하지 않았다. 아니, 시가 자체를 가지 않았다. 결론부터 말한다면, 당시에는 싫어서 시가를 떠났는데 이제 다시 시가를 간다. 밥하기 싫어서 주로 사 먹었는데 이제는 기어코 밥을 직접 해 먹는다. 단지 달라진 점은, 당연히 해야 하는 일이라서가 아니라 내가 좋아서 자발적으로 선택한다는 것이다. 나에게는 선택의 여지가 있었다. '하기'뿐 아니라 '하지 않기'까지 모두 경험해보아야 비로소 주체적으로 결정할 수 있다. 강요로 인한 무거운 부담을 완전히 내려놓아야 스스로에게 좋은 것, 모두에게 이로운 것을 선별하는 눈이 생긴다.

원하지 않는 일을 습관적으로 하다 보면 원하는 일이 진정 무엇인지 알지 못했다. 그럴 때면 당연시되는 일, 스스로 원하지 않는 일을 하나씩 지워갔다. 그제야 내가 무엇을 원하는지 어렴풋이 드러나기 시작했다. 비로소 당연하게 살아온 길을 버리고 다른 길로 나아갈 수 있게 되었다.

해야만 하는 일들의 쳇바퀴 속에서 벗어나 1년 정도 오피스텔에 살아본 적이 있었다. 가족과 살던 집에 돌아가면 내가 손님이 되었고, 남편이 집 관리를 맡았다. 오피스텔을 정리한 이후에 집으로 돌아가 마주한 남편은 예전과는 다른 사람이었다. 이제야 비로소 우리는 집의 공동 주인이 되어갈 수 있었다. 집안일들이 '해야만 하는 일'도 아니고, 하기 싫거나 힘든 일도 아니며, 누군가 혼자 짊어져야 하는 일도 아닌 것으로 변해갔다. 캠핑하면 밥해 먹는 일이 하나의 즐거움이듯이, 부부가 함께하면 집안일도 즐거운 일로 변할 수 있었다. 우리는 혼자 사는 것보다 서로 옆에 있을 때 더 좋다는 사실을 알아가는 중이다.

✓ 아이의 독립 시기에 맞추어 엄마도 독립을 준비한다. 역할 옷을 벗는 시기를 스스로 정한다.

✓ 의존과 사랑은 다르다. 사랑이라는 이름으로, 가족이라는 허울에 기대어 상대에게 의존하지 않는다.

✓ 남들에게 착하게 굴다가 자신에게 못되게 굴지 말자. "착하면 복을 받는다"는 격언보다 "착한 여자는 천국에 가지만 나쁜 여자는 어디든 간다"는 조언이 진실에 가깝다. 착하게 살지 말고, 나답게 산다.

✓ 원하지 않는 일을 습관처럼 하다 보면 정작 자신이 원하는 일이 무엇인지 깨닫지 못한다. 나에게 주어지는 당연한 일, 원하지 않는데 하고 있는 일들을 하나씩 지워나가자.

✓ '완벽하지 않다'는 이유로 스스로에게 벌을 주고 있지 않은지 자신을 돌아본다.

돌파하기

건강한 관계를 위한 부부 싸움의 기술

○○

연애할 때는 로미오와 줄리엣처럼
상대를 위해 죽을 수도 있지만,
결혼하면 상대를 죽일 수 있는 관계가 또 부부다.
애쓰며 가꾸어온 가정을
순식간에 지옥으로 만들 수 있다.

○○ 대접받고 싶은 대로 스스로를 대접하기

남편은 가끔 내게 서운해한다. 자신이 아내를 얼마나 소중히 여기는지 몰라준다는 이유다. 남편 안에는 나를 소중히 여기는 마음이 큰지 모르겠지만, 그 마음이 내게 와닿으려면 행동이 수반되어야 한다고 일러준다. 행동 없는 사랑은 실체 없는 공염불이고, 자신까지도 속이는 거짓일 수 있다. 우리 두뇌는 말과 행동을 구분하지 못하고, 말하거나 생각한 것을 실제라고 착각하기도 한다. 아내를 소중히 여긴다는 생각만으로도 스스로 괜찮은 남편이라고 착각할지도 모른다.

이런 이야기를 강조하는 이유가 있다. 지난 시절, 남편은 자신의 마음과 아내인 내 마음이 같다고 착각했다. 남편은 "꼭 말로 해야만 알아?"라는 말을 자주 되풀이했다. 부부로 오래 같이 살았는데, 굳이 일일이 설명해야 아느냐는 의미였다. 조금만 관심을 기울인다면 척 하고 알아채야 정상적인 부부라는 듯이 말했다. 같은 이유로 남편은 내 이야기를 듣지도 않고서 자신의 짐작대로 아내를 대했다. 우리는 한집에 있지만 서로 다른 섬에 사는 것 같았다. 이제는 남편이 "말로 해야 아느냐"고 물을 때마다 힘주어 대답한다.

"마음은 어떤 식으로든 표현되어야 상대가 알 수 있어!"

20대 중반인 슬기 씨에게 들은 이야기다. 슬기 씨 애인은 자신이 당신을 얼마나 사랑하는지 늘 표현해주었다고 한다. 마음을 시로 써서 전화로 들려주고 문자로 보내주기도 했는데, 그 내용이 무척이나 감동스러웠다고 한다. 그러나 정작 만날 날짜를 정하려고 하면 매번 일이 많고 바쁘다고 했다. 사귄 지는 1년이 넘었지만 만난 횟수는 고작 서너 번에 그쳤다. 좋은 공연이 나오면 같이 가자, 이번 여름에 어디로 여행 가자, 어디 음식점이 진짜 맛있다는데 꼭 함께 먹으러 가자 등등 쉽게 다음을 기약했다. 너무 바쁘기에 지금은 만나지 못하지만, 마음은 항상 함께한다고 알아주기를 원했다. 그러나 입으로만 세상에 둘도 없는 연인일 뿐이다. 결국 시간이 지나면서 그 애인과의 관계는 흐지부지되었다. 제대로 만난 적도 없기에 정식으로 헤어지자는 말도 필요 없었다고 한다.

슬기 씨에게 새로운 애인이 생겼다. 서로 사랑한다는 표현조차 하지 않은 연애 초반이었다. 서울에 혼자 살던 슬기 씨에게 어느 날 독감이 들었다. 전염성이어서 격리가 필요했기에 밖으로 나가지도 못하고, 그저 홀로 고열과 몸살을 앓았다. 안타까워하던 애인은 그녀를 위해 죽이나 먹을 것을 사다가 문 앞에 걸어두고 갔다. 직접 장을 보고 채소·고기·과일 등 균형 맞춘 식사를 예쁜 도시락에 담아다가 놓고 가기도 했다. 마음을 담은 행동에서 사랑이 느껴졌다.

한번은 당시에 취업준비생이던 슬기 씨가 원하는 회사 최종 면접에서 떨어졌다. 하필 애인과 함께 있을 때 불합격 문자를 받았다고 한다. 허탈하고 망연자실했고, 애인 앞이라 더 속상했다. 애인은 그 어떤 말도 하지 않았지만, 눈자위가 붉어지며 진심으로 속상해하는 표정이었다고 한다. 그는 슬기 씨의 마음이 어떤지 누구보다 깊이 이해하는 듯했다. 슬기 씨는 그의 태도에서 함께하고 있다는 느낌을 받았을 때 큰 위로가 되었다고 한다. 화려한 말보다 진심에서 우러나온 행동과 표정이 마음을 전달한다는 사실을 깨달았다.

그와의 관계 덕분에 슬기 씨는 다른 사람들과의 관계도 새롭게 보게 되었다. 사람의 마음이 어떻게 전달되고 전해지는지, 아주 작은 행동에서 배려를 느끼고, 말보다 진심을 담은 미소와 친절에서 위로와 존중이 비롯된다는 사실도 알아차렸다.

이는 타인과의 관계뿐 아니라 스스로에게도 마찬가지다. 누구나 자신이 가장 소중하다고 말한다. 그런데 자신에게 진짜 소중하다고 느낄 만한 행동을 하고 있냐는 질문에는 답하지 못할 때가 많다. 예를 들면 귀찮아서 패스트푸드로 배를 채우거나, 다이어트를 한다며 필요한 영양분을 섭취하지 않으며 거식과 폭식을 반복한다. 이는 자신의 몸에 가하는 폭력과도 같다. 자식 학원비와 과외비는 50만 원이라도 기꺼이 지불하지만, 자신의 배움을 위해서는 5만 원도 아까워하는 것, 남들에게는 밥값·술값으로 몇만 원을 기꺼이 내면서 정작 자신이 필요한 물건에는 1만 원도 고민한다. 학교나 교회, 사회에서 하는 봉사활동에 기꺼이 나서고, 친구 등 남들의 고민에 발 벗고 달려나간다. 정작 스스로를 위해서는 한 시간의 여유조차 주지 않으며, 심지어 편하게 쉬면 죄책감을 느낀다.

사실 나도 마찬가지였다. 스스로를 소중하다고 말하면서도 정작 나를 위해 구체적으로 어떻게 행동해야 하는지는 알지 못했다. 생각해보면 나는 남의 말은 잘 들어주면서 내 말은 지독히도 듣지 않았다. 나의 필요와 원하고 느끼는 것들에 귀를 기울이지 않았다.

내가 나를 소중하게 여기지 않으면 남편이나 가족 등 타인도 나를 소중하게 대하지 않는다. 남에게 대접받고 싶은 만큼 스스로를 대접해주어야 한다. 나는 그렇게 하지 못했다. 그러니 남편으로부터 소중히 대접받는다고 느낄 만한 행동을 끌어내지 못했다. 아이들에게도 '왜 엄마를 배려해주지 않느냐'고 호소했지만, 사실 스스로 배려해주지 않은 결과였다. 내가 좋아하는 것, 필요한 것, 원하는 것이 무엇인지 정확하게 알고 표현하면 상대는 그대로 배려해주고 싶어 한다. '알아서 해주겠지'라고 맡겨버리면 배려는 일어나기 어렵다. 원하는 바를 정확하게 표현하지 않는 것은 상대로 하여금 구체적으로 실천할 기회를 주지 않는 것과 같다.

사랑은 말이 아니라 행동으로 나온다는 사실을 나 자신과의 관계에서 확인해왔다. 누군가에게 대접받고 사랑받고 싶은 간절함은, 스스로를 대접해주지도 사랑하지도 않는다는 반증이었다. 어쩌면 나의 허기를 상대가 채워주기를 원하는 마음이었는지도 모른다. 자신이 진짜 소중하다면, 이미 원하는 바를 스스로 충족하고 있을 것이다. 소중한 존재가 되려면 스스로를 먼저 소중히 여기며, 대접받으려면 자신에게 먼저 대접해야 한다. 내가 나에게 행하는 대로 상대도 나를 대한다는 사실을 잊지 않으려고 한다.

○○ 감정을 검열하지 않는다

지인의 남편은 감정 표현에 서툴렀고, 이를 대수롭지 않게 여겼다. 반면에 감수성 예민한 아내는 소통 없는 그와의 생활이 마치 병정과 사는 것처럼 답답하다며 힘들어했다. 18년 동안 같이 살면서 남편이 눈물 한 방울 흘리는 모습을 본 적이 없다고 했다. 심지어 남편은 어머니가 돌아가셨을 때조차 울지 않았다. 흔한 말로 '남자는 일생에 세 번 운다'라고 하는데 그조차 하지 않았던 것이다. 분명히 슬펐겠지만 남편에게는 맏아들로서 그저 장례를 잘 치러야 한다는 생각이 우선했다.

어느 날 아침이었다. 꿈을 꾼 남편이 침대에서 일어나자마자 말을 걸었다고 한다. "어머니가 꿈에 나왔는데…"라고 말하는 순간 갑자기 남편의 눈물샘이 터졌다. 그 울음은 가슴속 깊은 곳에서 처음으로 터져 나오는 듯, 혹은 오랫동안 닫아둔 수문의

댐을 열 듯 쏟아졌다. 부모가 돌아가시고 오랜 세월이 지나서야 당시의 감정이 되살아났던 것이다.

'암으로 돌아가신 어머니는 얼마나 고통스러웠을까?'

오래전 간암으로 돌아가신 아버지까지 떠올리며 눈물 흘렸다. 아버지의 알코올 중독과 경제적 무능력으로 인해 그의 부모는 매일같이 전쟁 같은 싸움을 치렀다. 지긋지긋하게 싸우던 두 분이 돌아가시자 남편은 아무런 감정도 느끼지 못했다고 한다. 그런데 감자 캐듯 연이어 일어나는 슬픈 기억들로 남편의 울음은 며칠 내내 멈추지 않았다. 새삼 잊고 산 감정들이 거듭 떠올랐기 때문이다.

눈물의 수도꼭지가 한 번 열리고 난 이후 남편은 이제는 텔레비전 드라마만 보아도 눈물을 철철 흘리는 남자가 되었다고 한다. 감정에 꽁꽁 갇혀 있다가 이제 풀려난 것일까? 신기한 일은 눈물만이 아니었다. 예전의 경직되고 고지식하고 융통성 없던 남편이 달라졌다. 장난기 가득한 농담도 자주 건네고, 실없는 웃음도 많아졌다. 무엇보다 늘 얼굴 가득 드리웠던 어두운 그림자가 사라지자 피부마저 환해졌다고 한다. 지인은 오래전 연애할 때 순수했던 남편 모습으로 돌아간 것 같다며 "내 남편이 달라졌어요"라는 말과 함께 환한 미소를 보여주었다.

지인의 남편이 끝까지 감정을 드러내지 못했다면 그들의 부부 생활은 어떠했을까? 소통 없는 남편과 이를 답답해하는 아내의 부부 생활은 결코 녹록치 않았을 것이다. 이처럼 올바른 감정 표현은 관계에 중요한 다리 역할을 한다.

한 여성은 화가 나거나 황당하거나 상대가 무례하게 대하는 등 곤란에 처하면 웃어버리고는 했다. 그래놓고 남몰래 관계를 끊어버렸다. 서로 잘 지낸다고 생각하던 상대는 오히려 당황스러워했다. 그의 이러한 태도는 부부 관계에서도 적용되었다. 남편에게 크게 화가 날 때마다 울음을 터트렸다. 남편은 우는 아내 손에 값비싼 선물을 쥐어준 뒤에 얼렁뚱땅 넘어갔다. 시간이 지나고 보면 아내의 마음속에는 분노가 그대로 쌓여 있었다. '화가 날 때 화를 내야 한다'라는 단순한 명제를 행동으로 옮기지 못했기 때문이다.

왜 감정을 제대로 표현하지 못할까? 우리는 모두 어릴 때부터 어떤 식으로든 자신들의 감정을 억제하며 자란다. 양육자는 일반적으로 아이들을 키울 때, 성별에 따라 알게 모르게 다른 감정과 정서로 반응한다. 흔히 여자아이의 감정 표현은 받아주는 편이지만, 남자아이에게는 '나약하게 자랄까 봐', '감정적인 아이가 될까 봐' 등의 이유로 잘 받아주지 않는다. 특히 남자아이가 눈물을 보이면 불편해한다. 여자아이에게도 잘 수용되지 않는 감정이 있다. 남자아이가 화를 내면 '남자답다'라는 측면에서 어느 정도 받아들이지만, 여자아이에게는 '성깔 있다', '그러면 시집 못 간다', '여자는 상냥해야 한다'라며 제지한다. 이런 반응을 들은 여자아이들은 어릴 때부터 화내는 것을 불편해한다. 화내는 자신이 여자답지 않고, 그 모습이 예쁘지 않을까 봐 스스로를 검열한다.

이런 이유로 남자든 여자든 자신 안에 어떤 강한 내적 장치가 비상경보기 울리듯 감정을 멈추게 한다. 그리하여 남자는 울고 싶으면 화를 내고, 여자는 화내기 어려우면 눈물을 터트리는 상황이 발생한다. 이런 감정은 상대를 다루는 무기로 작용되기도 한다. 여자는 울지 못하는 남자에게 울음을 무기로 삼고, 남자는 화내지 못하는 여자에게 화를 무기처럼 사용한다.

결혼 초반에 나는 남편과 싸울 때마다 마지막 무기로 눈물을 보였다. 그럴 때면 남편이 반응하기 때문이다. 남편 또한 싸우다가 지쳐버리면 버럭 소리를 지르고 그만하라고 화를 냈다. 그러면 내가 움찔 물러서고, 그로써 싸움은 흐지부지 종료되었다. 그때마다 미처 풀지 못한 감정과 불만들이 제대로 표출되지 못하고 내 안에서 방향을 잃었다.

이는 서로의 관계에 좋게 작용하지 못한다. 감정은 표현되어야 한다. 화가 날 때 화를 내지 못하고, 울고 싶은데 울지 못하면 그야말로 기가 막히고 흐름이 막힌다. 아내와 남편 사이에는 벽이 놓인 것처럼 소통이 어려워지고 답답해진다. 표현하지 못해 쌓인 감정은 통제되지 않고 갑자기 터지는 폭탄이 되기도 한다.

화를 표현하지 못하고 분노를 억압하는 태도는 나를 우울하게 만드는 가장 큰 이유였다. 감정은 자신의 본질을 찾아가는 열쇠이자 나를 알고 이해하며 돌보는 핵심이다. 내가 누구인지 알려면 내 감정을 정확하게 알아차리는 것이 중요했다.

그럼에도 화내려고 하면 심장이 떨려서 제대로 말하지 못했다. 두려움 탓이다. 호흡을 가다듬고 나면 그때는 이미 때를 놓친 뒤였다. 때로는 진짜 왜 화가 났는지 알아차리지 못하거나, 화를 내야 할지 아닐지조차 혼란스럽기도 했다. 심지어 내가 화난 사실조차 감지하지 못한 경우도 많았다. 분명 내 안에 있는 어떤 감정을 정확히 알아차리지 못할 때, 뭉뚱그려진 불편한 마음이 불쾌함이나 우울로 발현되었다. 표현되지 못한 감정은 몸으로도 나타났다. 소화가 잘되지 않거나 머리가 아프고 어깨가 무겁거나 뒷목이 뻐근하며 쉽게 피로했다. 화가 날 때 화를 내는 그 단순한 행동은 많은 시간과 연습이 쌓인 뒤에야 점차 가능해졌다.

《비폭력 대화》의 마셜 B. 로젠버그는 "느낌의 근본은 욕구"라고 표현했다. 즉 내가 무엇을 원하는지 아는 열쇠가 감정·느낌이라는 것이다. 느낌은 필요나 원하는 바를 얻을 때의 느낌과

얻지 못할 때의 느낌 두 가지로 나뉜다. 불쾌한 느낌들은 자신이 원하는 바를 충족하지 못하고 있다는 신호다. 그러므로 아리아드네의 실타래처럼 알 수 없는 복잡한 미궁 같은 마음속 감정의 실마리를 따라가다 보면 자신의 필요나 원하는 바를 찾게 된다. 반대로 감정을 억압하면 마치 미궁 속의 미노타우로스에게 잡아먹히듯, 자신이 진짜 원하는 바를 영영 잃어버린다. 이처럼 감정은 자신의 상태를 알려주는, 마음속 계기판과 같다.

연료가 부족하면 빨간불이 켜지는 자동차 연료등처럼, 불편한 감정은 자신에게 켜지는 빨간불이다. 그럴 때 잠시 나를 멈추어 세워야 한다. 감정이 알려주는 신호에 따라 스스로를 점검하며 살펴보자. 멈추고 점검하는 순간이 바로 나답게 살아가는 데 필요한 연료를 채우는 시간이 될 것이다.

○○ 변하지 않는 사랑은 없다

"어떻게 사랑이 변하니?"

영화 〈봄날은 간다〉에서 상우(유지태)가 사랑이 식어가는 은수(이영애)를 향해 던진 대사다. 사랑은 영원히 변하지 않는다고 여기는 상우는 괴로워 어찌할 줄 모른다. 마음에 난 상처를 보여주듯, 은수의 새 차에 길게 스크래치 내는 상우의 모습이 오래도록 기억에 남았다. '사랑은 영원해야 한다'는 상우의 신념이 그에게 더욱 깊은 상처를 남겼다.

우리에게도 이런 상처 하나쯤 남아 있지 않은가? 사랑을 잃고 헤매는 상우의 그 심정이 더 아프게 전해지는 이유다.

30대 중반인 연정 씨는 남편이 외도하는 꿈을 꾸고 절망하다가 잠에서 깼다. 연정 씨는 남편을 만나 3년간 열렬히 사랑해서 결혼했다. 연애 당시에 자신의 전부를 사랑했던 남편은 결혼하자마자 빠르게 식어갔다. 연애할 때는 상상할 수 없던 무덤덤하고 관심 없는 태도였다. 밖에서 만나는 여자들을 보는 남편의 눈빛은 남달랐다. 남편의 사랑이 변했다고 느낀 연정 씨는 말할 수 없이 고통스러웠다. 남편의 외도 꿈은 마치 현실에서 일어난 일처럼 느껴졌다. 꿈에서 다른 여자에게 말하는 남편의 음성은 연애할 때 자신이 들었던, 사랑이 듬뿍 담긴 그 목소리와 같았다. 무척이나 생생했던 그의 목소리가 자신이 아닌 다른 여자에게 향하는 꿈은 연정 씨에게 그야말로 악몽이었다.

꿈은 한 편의 영화처럼, 깊은 밤 영사기를 통해 자신의 내면을 비추는 거울이다. 꿈에서는 자신이 주인공으로, 다른 사람들은 조연으로 등장한다. 꿈에 등장하는 남편 또한 현실의 남편이기보다는 자신 내면의 남성적 특질이다.[*]

우리는 스스로를 바로 보기는 어려워도 타인은 잘 보인다. 만약 누군가 "당신은 어떤 사람입니까?"라고 묻는다면 바로 대답하기 어려울 것이다. 그러나 "당신의 남편은 (혹은 아내는) 어떤 사람입니까"라는 질문을 받는다면 최소 두 시간은 족히 이야기할 수 있을 테다. 꿈은 남편을 형상화해 자신의 남성성이 진짜

---

[*] 누구나 여성성과 남성성 특질을 모두 가지고 있다. 여성에게는 남성성의 그림자가, 남성에게는 여성성의 그림자가 있다고 분석심리학자 카를 융은 말했다.

좋아하는 모습을 보여준 것이다.

연정 씨 꿈에 등장한 남편의 외도 상대는 자신의 친구였다. 꿈속의 그 친구는 여전히 20대 시절처럼 아름답고 우아하며, 능력 있고 매력 넘쳤다. 이는 연정 씨가 친구의 모습을 이상적인 여성의 기준으로 삼고 있다는 증거였다. 이상형과 다른 자신을 비교하고, 이것이 남편에게 사랑받지 못하는 이유라고 여기고 있었다.

꿈에 나오는 사람은 스스로 인식하지 못하는 자신의 모습이다. 이를 투사라고 한다. 연정 씨는 매력적인 자신의 모습을 친구에게 투사하고, 정작 자신의 매력을 인식하지 못하고 있었다. 이 해석을 연정 씨는 완강히 거부했다. 자신은 못나고 뚱뚱하고 능력도 없다고 했다. 그러다가 점차 시간이 흐르면서 자신 없는 말투로 말했다.

"생각해 보니 결혼 전에 남편과 연애할 때는 그 모습이었어요."

매력적이던 연정 씨가 결혼하더니 자신을 잃었다. 나이는 점점 먹어가고, 임신과 출산으로 불어난 살이 빠지지 않았다. 아이 키우느라 집에만 있다 보니 당연히 자신은 매력 없는 존재라고 스스로 규정해버렸다. 그러니 기존에 있던 매력도 더는 빛을 발하지 못하고 남편은 그런 아내에게 진짜 관심을 잃어갔다. 남편의 사랑을 잃을지도 모른다는 불안감에 연정 씨는 남편에게 더 민감하고 예민해졌다. 남편은 그런 아내에게 부담을 느꼈을 것이다.

연정 씨는 아름답고 매력적이던 결혼 전 자신은 사랑하지만, 아기 낳고 못나게 변해버린 지금은 사랑할 수 없다는 태도를 보였다. 그 태도가 자신을 있는 그대로 사랑하지 못하는 이유였다. 여자는 아이 낳고 살림하면서도 아름답고 능력까지 갖추어야 한다는 높은 기준을 세우고서 스스로를 상처주었다.

연정 씨가 남편을 향해 외친 '어떻게 사랑이 변하니?'라는 절규는 사실 자신을 향해 따져야 할 말이었다. 스스로에 대한 사랑이 변한 것은 남편보다 자신이 먼저였기 때문이다.

이와 더불어, 사랑은 변하면 안 된다는 착각은 행복으로 시작했던 부부에게 불행의 그림자를 드리우는 요인이 될 수 있다. 마치 도리스 레싱의 단편 소설 《19호실을 가다》에 나오는 롤링스 부부처럼 말이다. 수전과 매슈는 "세상 물정을 알 만한 나이에", 그 누구보다 "진짜 연애"를 했고 모두가 기뻐하는 가운데 결혼했다. 지성을 갖춘 둘은 선견지명과 현실적인 분별력이 있었고 벌이도 좋은 직업에다가 중산층이다. 아내인 수전은 아이 넷을 낳고 정원이 딸린 크고 아름다운 집에서 동화처럼 행복하게 살았다. 부부는 계획했던 모든 일을 손에 쥔 듯했다. 그러나 예기치 못했던 악마가 그들 정원에 도사리고 있었다. 수전은 그

악마가 "내 안으로 들어와서 내 몸을 차지하려는 거야"라고 여겼다. "원하는 만큼 진정한 기쁨을 느끼지" 못한 남편은 외도로 기쁨을 채우려 했고, "위험할 정도로 공허할 때가 늘어"난 아내는 자신만의 19호실에서 공허함을 메우려 했다.

롤링스 부부 정원의 그 악마는 어떤 존재였을까? '행복한 결혼이라면 사랑이 변하면 안 된다'는 신념이 아니었을까. '사랑은 변하지 않는다'는 신념은 암세포처럼 자라 서서히 권태로 바뀔 수밖에 없을 것이다.

살아 있는 모든 존재는 변한다. 사랑 또한 변해야 한다. 부부도 어제의 자신은 죽고 거듭 다시 태어나야 한다. 겨울이 되면 무성했던 나무들이 죽은 듯이 잎을 떨구었다가 봄이 되면 다시 태어나듯이 말이다. 해야만 하는 일들로 쳇바퀴 돌듯 살다 보면 개인으로서 자신은 서서히 멈춘다. 변화와 성장이 멈춘 그곳에 권태라는 악마가 서성거릴 것이다. 변화하지 못한다는 것은 곧 권태이고 죽음이기 때문이다. 우리의 진짜 사랑은 자신에게서 비롯된다. 개인으로서 자신을 잃지 않는 태도, 아무리 바쁘더라도 잠시 스스로를 위한 시간을 보내는 자세, 성장을 위한 자양분을 놓치지 않는 다짐이 필요할 때다.

사랑은 서로 필요로 하는 것, 원하는 것을 주고받을 때 느낄 수 있다. 누군가를 사랑한다면 세상에서 가장 좋은 것을 주고 싶을 것이다. 마음을 담아 최고를 주었는데 받는 사람이 시큰둥하거나 별로 기뻐하지 않는다면, 주는 사람은 서운할 수 있다. 반대로 받는 사람 입장에서는 좋아하지 않는 것을 받았다면 어떻겠는가? 자신에게 최선이 상대에게는 최악이 된다면 말이다.

그와 같은 사례가 박해조 시인의 '소와 사자의 사랑의 이야기'에 나온다. 소와 사자는 사랑해서 결혼하고 항상 서로에게 최선을 다하기로 약속한다. 소는 사자를 위해 자신에게 가장 맛있는 음식인 풀을 대접한다. 이에 사자는 싫어도 참고 먹는다. 사자도 가장 연한 살코기를 소에게 대접한다. 소도 괴로웠지만 참고 먹는다. 둘은 참는 데 한계에 이르고, 끝내 크게 다투며 헤어진다. 둘은 헤어지며 이렇게 말한다.

"나는 당신에게 최선을 다했어!"

이 이야기는 물어보지도 않고 자신이 좋아하는 것을 상대도 좋아하리라 확신하고 행동하면 때로는 최선을 다하는 것이 최악을 불러온다는 교훈을 준다. 평소에 필요와 원하는 바를 자주 표현했다면 문제가 없었을 것이다. 친밀한 관계일수록 표현이 중요하다. 아니, 표현은 '의무'라고 보아야 한다. 이를 '고지의 의무'라고 말하고 싶다. 부부 사이의 많은 문제가 서로 말하지 않아서 쌓이는 감정 때문에 생긴다. 미리 정보를 공유했다면 일어나지 않을 자잘한 문제들이 꽤 많다.

나의 남편 또한 자신이 원하는 것을 제대로 표현하지 않았다. 캐물으면 마지못해 "됐어", "괜찮아"라고 했다. 귀찮게 묻지 말고 알아서 해주기를 원했다. 나 역시 일상에서 원하는 것들은 잘 표현했지만, 내 감정만큼은 남편과 마찬가지로 그냥 알아주기를 바랐다. 특히 분노에 대해서 그러했다. 화나면 입을 다물고 어두운 분위기를 내뿜었고, 며칠 동안 찬바람을 쌩하게 일으키고는 했다. 그러나 며칠이 지나도 남편은 모르는 것 같았다.

'어떻게 모를 수 있지?'

알아주지 않는 남편에게 더 화가 났다. 사실 표현하지 않는데 그가 어떻게 알 수 있었겠는가. 단지 추측만으로 해석·판단하는 어리석음이 반복되었을 뿐이다. 누구나 자신이 살아온 경험을 바탕으로 상대를 판단하고 해석하기 때문이다. 어느 날, 이런 생각이 들었다.

'왜 우리는 이렇게 사는가? 부부란 무엇인가? 앞으로도 계속 이렇다면 부부로 산다는 것이 무슨 의미가 있을까?'

이처럼 연결되지 못한 마음은 억울함과 원망, 미움, 분노를 쌓아간다. 부부로서 어느 한쪽에게는 중요한 일이 상대에게는 별일 아닌 것으로 치부되어 부부 싸움으로 번지는 경우가 의외로 빈번하다.

이번에는 마흔 넘어 재혼한 어느 부부의 이야기다. 남편은 퇴근하고 돌아왔을 때 밥상이 바로 차려져 있지 않으면 은근히 짜증을 냈다. 아내는 미리 준비해놓지 못할 때가 잦았다. 평소에 남편은 스스로 참을성 있는 괜찮은 남편이라 생각했다. 밥이 늦을 때마다 화를 내는 태도는 소인배 같아서 여러 번 참았다. 어느 날 아주 사소한 일에 화가 터졌다. 아내가 국과 반찬은 다 해놓고 밥 안치는 것을 깜박했다. 이것이 남편이 폭발하는 계기가 되었고, 아내는 갑자기 화를 내는 그가 당황스러웠다.

왜 우리는 서로에게 잘 표현하지 않을까? '말하지 않아도 알겠지'라고 착각한 것이 아닐까? '서로 사랑한다면, 남편이라면, 아내라면… 당연히 이 정도는 알겠지'라는 착각 말이다. 이런 생각은 위험하다. 심지어 자신조차 스스로를 모를 때가 많지 않은가. 말하지 않아도 알아주리라는 착각은 '(무엇을 좋아하는지 혹은 얼마나 화가 났는지 알면서) 나한테 왜 이러는 거야?'라는 생각이 들게끔 만들어 분노에 분노를 더한다.

우리는 30년을 같이 살아도 서로에 대해 모르기도 하고, 1년만 함께해도 많은 것을 알 수도 있다. 그 차이는 서로 얼마나 자주 속 깊은 대화를 주고받는가에 따른다. 기본적으로 '내가 어떤 사람이다'라고 알려주는 책임은 각자에게 있다. 상대에 대해 아는 점이 많을수록 서로에게 이익이다. 쓸데없는 에너지를 쓰지 않기 때문이다. 생각한 대로 판단하기보다는 수시로 물어보아야 상대가 진짜 원하는 바를 파악할 수 있다.

서로에 대해 말하지 않는 또 하나의 이유는 말하기가 두렵기 때문이다. 말을 꺼냈다가 거절당하지 않을까, 내 마음을 들키지 않을까, 비난받지 않을까, 이상하게 보지 않을까, 쓸데없는 생각이라며 무시당하지 않을까 등 이런저런 두려움 탓에 말문을 닫는다. 혹은 '자라 보고 놀란 가슴 솥뚜껑 보고 놀란다'라는 속담처럼, 표현했다가 두려워졌던 경험 탓에 미리 주저하고 망설이기도 한다.

또는 말에 대한 금기 때문일지도 모르겠다. 우리 문화는 말하는 것을 좋지 않게 보는 경향이 있다. '남자(여자)가 말이 많다', '말만 번지르르하다', '말 많은 사람 치고 잘하는 놈 못 봤다'는 관용어처럼, 말 많은 이는 눈 밖에 나고, 조용히 고분고분 시키는 대로 하는 아이는 예쁨받았다. 특히 남자는 과묵해야 양반 취급을 받았다. 가정에서도 밥상에서는 '밥 먹을 때 말하면 복이 달아난다'라며 말하지 못하게 했다. 이런 문화는 '입 다물고 사는 게 상책'이라고 여기게 만들었다. 이런 문화가 사람들과의 관계, 부부간의 관계에 문제를 키워나갔다.

이런 여러 가지 이유로 우리는 서로의 생각·상황·감정을 잘 표현하지 않았다. 결국 평행선처럼 혹은 섬과 섬처럼 마음과 마음이 연결되지 못했다. 어찌 보면 말수가 적은 사람이 잘 들어줄 것 같지만, 사실 말하기가 안 되는 이는 들어주기도 서툴다. 입 다물고 벽처럼 있는 남편, 감정 표현을 못 하는 아내가 마음으로 연결되기는 어려울 것이다.

우리 부부는 관계가 바닥을 친 이후 다시 연을 이어가려고 시도했을 때 '서로의 마음 표현하기'를 우선시했다. 쉽지 않았다. 사소하고 작은 것에서부터 연습이 필요했다. 때로는 너무 사소해서 상대로부터 별것도 아니라고 면박받을지 모른다는 생각이 말을 가로막기도 했다. 그러나 부부에게 사소한 일이란 없다. 일상은 사소한 일들의 연속이고, 사소하다고 입을 다문 것들이 쌓여 태산을 이루어왔다. 그리고 사소하면 또 어떤가. 부부에게는 둘만의 소소한 에피소드가 될 수 있다.

소소하던 것들을 표현하기 시작할 때 놀라게 될지도 모른다. 나는 지레짐작하고 판단했던 것들이 사실과 달랐음을 깨닫고, 상대에게 품은 불만들이 사실은 내 이면이었음을 깨달았다. 표현하지 않았으면 전혀 모르고 살아왔을 상대에 대한 진실, 내 경험만으로 상대를 판단하며 다른 세상 속에서 살아왔다는 사실에 눈을 떴다. 그리고 우리는 서로 틀린 것이 아니라 다르다는 사실을 점차 알아갔다.

표현하고 들어주는 부부의 대화는 남편의 섬과 아내의 섬을 이어주는 탄탄한 다리가 된다. 1년에 한 번 마주하는 오작교가 아니라, 언제라도 만나도록 연결된 다리다. 서로에게 '고지의 의무'를 다할 때 부부는 더는 섬과 섬이 아니다.

책《며느리 사표》는 남자들에게도 관심을 일으켰다.《며느리 사표》를 소개하는 첫 인터넷 주간지 기사의 댓글 반 이상은 남자가 달았다. 며느리로서 겪는 문제는 결코 여성에게만 독단적으로 존재하지 않는, 남자 자신도 함께 연결된 문제이기 때문이었을 것이다.《며느리 사표》를 주제로 한 특강에는 젊은 부부뿐 아니라 중년 남자들도 드물지 않게 참여했다. 특강에서 만났던 한 중년 남자의 이야기를 소개하려고 한다. 2년 전 명절을 앞두고《며느리 사표》소개 기사를 읽은 그가 집안에서 일으킨 작은 혁명을 그대로 옮겨본다.

저는 네 명의 여자와 살고 있습니다. 어머니, 아내, 두 딸입니다. 지금까지는 착한 여자 넷이 별일 없이 집안일에 순응하며 잘해오고 있습니다. 그러다가 설을 며칠 앞두고 《며느리 사표》 소개 기사를 읽게 되었습니다. 제일 먼저 떠오른 사람은 제 아내였습니다. 만약 아내가 (《며느리 사표》에서처럼) 갑자기 '못 살겠다, 이혼하자' 혹은 '더는 맏며느리 못 하겠다'라며 사표를 낸다면…. (고개를 절레절레하며) 생각만 해도 아찔했습니다. 지금까지 집에서 지낸 제사와 명절은 부모와 조부모 대대로 지내왔던 것입니다. 어릴 때부터 너무나 당연하고 익숙하게 보던 일이라 단 한 번도 제사와 명절에 대해 고민해본 적이 없습니다. 처음으로 설을 앞두고 차례 지내는 일에 대해 생각해보게 되었습니다. 그리고 (지난 설에) 작은 혁명을 이루었습니다. 불필요한 제사 음식들을 없앴습니다. 지금까지는 제가 어릴 때부터 제사상에서 봐왔던 빨강 사탕까지 재래시장에서 사올 정도로 옛날 그대로였습니다. 고향인 부산이 아닌 서울에 사는데도 생선 종류만 일곱 가지였습니다. 먼저 전을 세 가지로 줄이고 동네 시장에 있는 생선으로만 준비했습니다. 걱정하시던 어머니도 저의 끈질긴 설득에 모르겠다며 슬쩍 저의 의견을 따르셨지요. 다른 분들은 어찌 생각하실지 모르겠지만, 저의 집에서는 엄청난 혁명이었습니다. 간소화하니 여유가 생겼습니다. 차례 음식 준비가 오후에 모두 끝났으니까요. 평소에는 늦은 밤까지 이어졌거든요. 결혼하고 처음으로 명절 전날 밤, 아내와 함께 영화를 보았습니다. 아내가 꿈만 같다며 좋아하더군요. 19년 동안의 결혼 생활에서 일어난 첫 변화입니다. 앞으로도 (아내가 며느리 사표 내기 전에) 명절뿐 아니라 일상의 불필요한 것들에 대해 작은 혁명들을 계속 이루어나가려고 합니다.

《며느리 사표》에 대한 남자들의 반응, 특히 중년 남자들의 긍정적인 반응이 참 감사했다. 사실 남편은 부모와 아내 모두 사랑하는 존재이기에 가교 역할이 쉬울 것 같지만, 몹시 어려운 일이기도 하다. 그러나 전통적으로 해왔던 불필요한 일들에 남편이 다리를 놓아준다면 전쟁 없이 평화를 얻을 것이다. 그에 따른 결과는 가족 모두가 누린다.

MBC 프로그램 〈이상한 나라의 며느리〉에 패널로 참여했을 때 일이다. 세 명의 여성이 며느리로서 살아가는 일상을 함께 지켜보며 각자의 의견을 자유롭게 표현하는 프로그램이었다. 그때 만났던 춤 안무가 부부가 인상적이었다. 그 부부의 남편은 부모와 아내 가운데 누구도 편들지 않으면서 모두가 평화롭게 지내도록 통역사 역할을 하고 있었다.

그 부부의 시부모는 내심 손주를 보고 싶어 하는 마음이 있었다. 아내 입장에서는 아이를 낳는다면 자신이 좋아하는 일을 하지 못하는 것이 걱정스러웠다. 남편은 이런 아내의 마음을 충분히 이해하고 또한 손주를 바라는 부모의 마음도 존중하면서 말했다.

"아내가 일을 그만두면 너무 우울할 것 같아서요."

이와 더불어 아기에 대한 일차적 책임자로서 부부의 입장 또한 명확히 전달했다.

남편이 가교 역할을 잘하려면 양쪽 모두를 존중하고 사랑하는 마음이 우선시되어야 한다. 남편은 부모와 아내를 존중하고 사랑하는 마음이 깊어 보였다. 그는 부모의 입장과 아내의 입장 모두 충분히 이해했고, 모두가 마음 상하지 않으면서 서로를 배려할 수 있었다.

앞서 살펴본 명절 이야기에서 만약 남편이 아닌 며느리가 '제사 음식을 줄이자'고 제안했다면 어떻게 전개되었을까? 별다른 마찰 없이 모두가 평화로운 명절을 보낼 수 있었을까? 아이 출생이라는 민감한 주제에 남편은 빠지고 아내와 시부모가 의견을 주고받았다면 어떻게 대화가 진행되었을까? 서먹한 관계에서 처음부터 진솔한 이야기를 오해 없이 주고받을 수 있었을까?

어떤 남자는 '나는 아내 편만 들어야겠어', 또는 '부모님이 사시면 얼마나 사시겠어? 부모님 뜻에 따라야지'라며 일방적인 한쪽 입장만을 고수하기도 한다. 또는 고부 갈등이 일어날 때, '두 사람이 해결할 일이니까 나는 몰라' 하거나, 아예 자신에게 불똥이 튈까 봐 회피하는 경우도 있다. 이러한 태도들로 자칫하면 소중한 누군가를 혹은 모두를 잃을 수 있다. 결혼은 단순하게 '사랑하니까' 하는 것이 아니라 어른으로서 책임을 함께하는 일이다.

결혼하면 부부는 배우자를 통해 새로운 관계를 맺는다. 배우자는 선택할 수 있지만 새로 맺는 시가·처가는 선택이 불가능하다. 양쪽 집안의 의견도 제각각이다. 그러므로 무언가를 결정할 때 부부의 평화뿐 아니라 각 집안의 평화도 고려해야 한다. 서로 다른 문화와 환경으로 충돌을 일으킬 수 있기 때문이다. 문화와 환경, 성격과 기질이 다른 부모와 배우자의 만남에서 이해할 수 없는 요소들은 필연적으로 드러난다. 이때 함께 살아온 부모, 연애하며 잘 알고 이해하게 된 배우자 사이에 통역이 필요하다. 자신에게 가장 소중한 부모와 무엇보다 사랑하는 배우자 사이를 연결해주는 일이다. 평생 통역해야 하는 것도, 만날 때마다 통역이 필요한 것도 아니다. 서로 문화와 성격이 달라서 생기는 오해나 불편한 문제에 대해 의견을 조율하다 보면 나중에는 통역이 없어도 자연스럽게 소통할 수 있게 된다. 통역에 따른 결과는 단지 며느리 한 사람만 얻는 것이 아니라, 사랑하는 모두가 누리는 평화다.

늘 엄마인 나 혼자 차리던 딸 생일상을 작년 겨울에 처음으로 남편과 함께 마련했다. 남편이 야채와 미역을 다듬어 씻고, 두부를 부치고, 밥을 했다. 나는 딸이 좋아하는 떡볶이와 샐러드를 준비했다. 비록 가지 수는 적은 소박한 밥상이었지만, 남편과 함께 만들어낸 음식들은 딸을 생각하는 우리의 마음이 들어가서인지 맛이 있었다. 함께 요리하니 즐거웠다. 오랜만에 집에 와서 밥을 먹는 딸에게도 그날의 밥상은 특별했을 것이다.

내가 바라는 부부의 관계는 다음과 같다. 각자 스스로를 책임지며 자유롭고 독립적이되 온전한 한 사람으로서 평등한 관계를 이루는 상태다. 우리가 가장 평등해지기 힘들었던 장소는 주방이었다. 여전히 음식을 하는 사람은 여자인 나였다. 남편이 설거지를 기꺼이 받아들이기까지 몇 년이 걸렸는데, 요리를 함께하기까지는 더 오랜 시간이 필요했다. 그러나 딸의 생일 이후, 남편과 함께 저녁 식사를 준비하기 시작했다.

사건의 발단은 이렇다. 어느 날 며칠째 허리가 아파 쉬는 남편을 위해 저녁 요리로 그가 좋아하는 촙스테이크를 만들었다. 남편이 아프다 보니 내가 요리부터 설거지까지 도맡아야 했다. 막 식사를 마치고 쉬고 있는데 퇴근하고 돌아온 아들이 내년 다이어리 한 권을 건네주었다. 첫 장에는 'Are you happy(당신은 행복한가)?'라는 문구가 적혀 있었다. 아무 생각 없이 거실에 있던 남편에게 "Are you happy?"라고 물었다. 남편은 바로 "노"라고 대답했다.

'어? 예스가 아니라고?'

이유를 물었다. 남편은 머리를 감다가 삐끗한 허리가 계속 아프기 때문이라고 답했다. 그러나 시간이 지나면 나아질 통증이었다. 만약 다리 아픈 나를 위해 남편이 내가 좋아하는 요리를 만들어주었다면 어떠했을까? 남편 혼자 준비해서 요리하고 차리고 설거지까지 다 마쳤다면? 나라면 그것만으로도 선물이라 생각했을 것이다. 감사하고 기쁜 마음에 다리 통증은 다 달아났을 것 같다.

남편은 아픈 데도 없고 걱정도 없는 완벽하게 이상적인 상황에서만 행복할 수 있다는 태도를 보였다. 맙소사! 그렇다면 그 행복은 영영 오지 않을지도 모른다. 우리 일상이 어찌 별일 하나 없이 계속 맑겠는가. 오늘은 좀 흐리더라도 그 안에서 소소한 행복을 찾으면 잠시라도 맑아지고 평안할 수 있음을 나도 뒤늦게 알았다. 행복은 일상의 소소한 순간에서 발견하고 느끼는 것이다.

남편에게 여자 일과 남자 일이 뿌리 깊이 구분되어 있으면, 아내가 특별한 요리를 해주어도 행복하거나 감사할 줄 모를 수 있다. 시어머니에게서 받아온 무수한 밥상을 당연히 여겨왔듯이, 아내의 밥상도 똑같이 인식했을 것이다. 당연하게 여겨왔던 밥상에 대한 인식을 바꾸려면 직접 경험하는 수밖에 없다고 생각했다.

내가 무릎 수술을 했을 때다. 남편이 아주 간단한 식사를 준비했다. 이 기회에 남편에게 김치찌개, 두부부침, 계란찜 같은 상대적으로 간편한 음식 몇 가지를 알려주었다. 내가 아플 때는 곧잘 하더니, 무릎이 완쾌되니 어느새 요리는 또 내 몫으로 돌아왔다. 청소와 빨래는 함께하고, 화장실 청소와 재활용 버리기, 쌀 안치기, 식사 후 설거지는 남편이 맡았다. 그 모습에 '그래, 이 정도에 만족하자'고 스스로 타협해왔다. 그럼에도 식사 준비는 정말 별일이 아니니, 이 또한 남편이 함께하기를 바랐다. 남편에게 전적으로 맡기는 것도 아니고, 노동의 강도가 똑

같아야 한다는 의미도 아니었다. 그저 필요할 때 스스로 요리할 수 있기 바랐을 뿐이다. 언제까지나 남이 해준 밥만 먹고, 밥해주는 이가 없으면 사 먹는 선택지밖에 없는 사람이 되지 않았으면 했다. 아내가 해주는 음식은 늘 '당연한 것'이 되지만, 스스로 해보면 밥 한 끼마저도 특별해진다.

남편에게 이제 당신이 저녁 식사를 준비해보라고 제안했다. 처음에는 말도 안 되는 소리라며 펄쩍 뛰었다. 밥상은 당연히 여자의 영역이고, 요리만큼은 여자가 해야 한다는 인식이 강했다. 남편에게 왜 요리가 여자 몫이냐고 반문했다. 그는 효율성을 강조했다. 간단한 요리도 자신이 맡으면 너무 오래 걸린다고 대답했다. 무엇보다 자신은 요리를 할 줄 모른다고 항변했다. 이는 차별이 아니라 기질적으로 남녀가 다르게 발달되었다는 논리를 폈다. 남자는 운전을, 여자는 요리를 잘하게 발달되어 있으므로, 여자인 내가 요리를 하는 편이 훨씬 효율적이라는 주장이었다.

대답해주었다. 그렇게 생각할 수도 있다. 그러나 나도 태어나면서부터 요리를 한 것이 아니었다. 필요하니까 학원까지 다니며 요리를 배웠다. 이는 운전이 필요하면 학원에서 배우는 것과 마찬가지다. 물론 당신처럼 능숙하게 운전하지는 못하지만, 필요하다면 어디든 직접 갈 정도의 기술은 익혔다. 요리도 마찬가지다. 내가 30년을 해왔으니, 이제 당신이 1년이라도 해보아라. 당신이 요리에 숙달되면 그때는 서로 돌아가며 음식을 만들 수 있지 않겠는가. 이야말로 효율적이지 않은가. 마치 장거리 운전을 서로 돌아가며 하듯이 말이다. 당신이 요리해서 밥상을 차려준다면 나는 선물처럼 기쁘게 식사할 것이다. 상상만으로도 즐겁다고 덧붙였다.

남편에게 저녁 한 끼를 맡으라고 제안했을 때, 그로부터 타협안을 받았다. 모든 요리의 시작부터 끝까지 함께하겠다는 제안이다. 물론 설거지는 자신이 맡겠다고 했다. 남편의 타협안을 간단히 표현하면 (주방에서) 'One up, Both up(한 사람이 일어나면 다른 사람도 일어난다)'[*]이었다. 남편은 딸의 생일 밥상을 함께 준비해보니, 같이 요리하는 것도 내심 괜찮았다고 소감을 밝혔다.

타협안을 거절할 이유는 없었다. 우선 함께해보다가, 또 다른 아이디어가 생각나면 그때 가서 방법을 바꾸어도 문제되지 않았다. 드디어 주방에서도 평등이 시작되었다. 저녁 식사 준비부터 마무리까지 함께할 수 있었다. 남편과 함께 식사를 준비하

---

[*] 김은희, 〈한 사람이 일어나면 다른 사람도 일어서자!〉, 한국양성평등교육진흥원, 2015.

니, 더는 요리가 일처럼 느껴지지 않았다. 무엇을 만들어도 맛있게 느껴졌다. 아마 이것이 우리 부부의 또 다른 살맛이 아닐까. 점점 '남편이 옆에 있어서 행복하다'고 느끼는 요즘이다.

모든 관계에서는 감정이 쿠폰처럼 자동으로 발행된다. 심리학자 에릭 번은 이 감정들에 '골드 쿠폰'과 '그레이 쿠폰'이라고 이름 붙였다. 관계에서 서로 좋은(플러스) 감정을 느낄 때는 골드 쿠폰이, 나쁜(마이너스) 감정을 느낄 때는 그레이 쿠폰이 쌓인다. 좋은 감정이 쌓일 때는 좋은 마음으로 보답하고 싶지만, 나쁜 감정이 쌓이면 마음에 원한이 생겨난다. 특정 시점이 지나면 적립된 쿠폰이 발급되듯 감정을 청산하는데, 얼마나 쌓이면 청산하는지는 사람마다 다르다. 쿠폰이 서너 장만 모여도 폭발하는 사람도 있는가 하면, 40~50장이 모일 때까지 꾹 참고 사는 사람도 있다. 청산하는 과정도 소리를 지르고 욕하는 수준부터, 물건을 던지거나 신체적·정서적 폭력을 가하는 일, 인연을 단절하고 자해나 살인을 저지르는 등 다양한 형태로 폭발이 일어난다. 이 모든 상황은 자신도 모르게 쌓인 쿠폰에서 시작한다.

한 부부의 이야기다. 아이들이 학교에 입학하자 아내는 직장에 취직했다. 남편보다 일찍 출근하는 아내는 밥을 해놓고 나가면서 남편에게 '취사가 끝나면 주걱으로 밥을 뒤적여놓으라'고 당부했다. 당부에도 불구하고 퇴근해서 집에 돌아오면 떡이 된 밥을 마주하고는 했다. 왜 밥을 뒤적여놓지 않았냐는 아내의 말에 남편은 '깜박했다'라고 대답할 뿐이었다. 어떻게 매번 깜박할 수 있는지 아내로서는 이해가 되지 않았다. 어느 날 피곤해 지친 아내가 집에 돌아와 밥통을 열었다가 덩어리가 된 밥을 보고 화가 터졌다. 아내는 아무리 말해도 듣지 않는다고 화를 냈고, 남편은 '그럴 수도 있지. 별것도 아닌 일로 화를 내냐'고 대거리하면서 큰 싸움으로 번졌다.

남편에게는 별것 아닌 듯하지만, 아내는 자신의 말을 흘려듣고 집안일에 무심한 남편에게 미움의 쿠폰을 쌓아놓은 상태였던 것이다. 일정하게 쌓인 쿠폰은 남편에게 방아쇠를 당겼다. 남편은 아내가 회사에서 받은 스트레스를 자신에게 푼다며 날을 세웠다.

또 다른 부부에게 일어난 일이다. 남편이 몰래 업소 여자와 관계를 맺었다가 성병을 옮아왔다. 성병이 아내에게 옮으면서 사건은 드러났다. 성병은 치료되었지만, 남편을 향한 분노는 순식간에 시한폭탄을 만들어냈다. 아내는 말 그대로 제정신이 아니었다. 남편이 저지른 일이 '악행'으로 규정되자 순식간에 지옥이 펼쳐졌다. 남편의 잘못은 폭력이 정당화되기에 충분했다. 그동안 남편으로부터 사랑받지 못한다고 느끼던 아내는 엄청난 욕·비난과 함께 쌓여왔던 불만을 터트렸다. 변명의 여지가 없던 남편은 죄인처럼 아무 말도 하지 못했다. 남편의 태도에도 아내의 분노는 풀리지 않았다. 부인은 밤이든 새벽이든 가리지 않고 두 시누이에게 전화해 남편의 잘못을 낱낱이 고했다. 그래도 화의 불길이 사그라지지 않자, 평소에 남편과 사이가 좋던 딸에게 그의 모든 추행을 알렸다. 충격을 받은 딸은 아빠의 전화를 차단해버렸다.

남편은 아내가 자신의 동생들과 주변 사람들에게 전화해서 심한 욕설을 퍼부을 때까지만 해도 수치심으로 고개를 숙이고 있었다. 그러나 딸에게까지 이야기했다는 사실을 알았을 때는 참을 수가 없었다. 아내에게 또다시 그 문제를 끄집어낸다면 이혼하겠다고 선언했다. 이혼까지는 바라지 않던 아내는 마구 끓어오르던 분노를 멈추어야 했다. 남편으로서는 자신의 잘못으로 인해 충격과 고통을 받은 아내에게 기꺼이 대가를 치르려는 마음이 있었는지 모른다. 그런데 둘의 문제를 넘어서는 아내의 태도에 남편 또한 더는 가만있지 않았다.

아내로서 남편의 외도는 엄청난 분노와 함께 말할 수 없는 고통을 가져다주었을 것이다. 남편으로부터 사랑받지 못한다는 평소의 불만과 함께 쌓인 분노 또한 감당하기 힘들었다. 그러나 그 분노를 어떻게 다룰 것인지 깊이 고민하지 않는다면 불길은 자신을 포함한 모두를 태워버리고 재가 될 수 있다. 이는 스스로에게도 엄청난 손해로 돌아온다. 마치 독화살을 맞아 고통스럽다며 그 화살을 자신과 모두에게 또다시 쏘아대는 것과 같다. 아내가 폭발시킨 분노는 서로를 더욱 비참하게 만들었고, 결국 그 문제는 제대로 해결되지 못한 채 덮여버렸다. 부부에게 상처만 남긴 채 표현할 기회가 막힌 것이다.

외도는 명백히 남편의 잘못이다. 그러나 관계를 단순히 가해자와 피해자의 구도로만 판단하고, 잘못은 전적으로 가해자에게 있으므로 책임도 가해자만 져야 한다고 본다면 문제는 해결되기 어려워진다. 이는 '내 탓이오'라고 자책하거나 혹은 남편의 책임회피에 동조하라는 의미가 아니다. 내 경험에 비추어보면, 남편의 잘못과 따로 떨어져 다른 한편으로 부부 관계를 전반적으로 살피는 것이 문제를 해결하는 데 좀더 중요하게 작용했다. 부부 관계에는 드러난 문제와 드러나지 않는 문제가 함께 맞물려 있기 때문이다. 남편의 잘못과 별개로, 남편 또한 특정 감정의 쿠폰이 쌓여 일촉즉발 상태일 수도 있다는 의미다.

사실 이 사례의 아내는 오랫동안 남편에게 사랑받고 싶은 마음이 간절했다. 품어주고 감싸주며 부드럽게 이해하고 배려해주는 남편을 원했다. 어쩌면 아내는 소녀와 같은 사랑을 꿈꾸었는지 모른다. 남편은 말이 없고 무뚝뚝했다. 사랑하는 마음을 행동이나 말로 표현하기 어려워했다. 그러나 하나밖에 없는 딸에게는 달랐다. 남편은 아내가 간절히 받고 싶어 했던 보살핌과 친밀을 딸에게 모두 쏟는 듯 보였다. 남들은 사이좋은 부녀 사이를 부러워했지만, 아내는 누구에게도 말할 수 없는 시샘의 눈빛으로 부녀를 바라보고 있었다. 아내는 외로웠다. 딸만 예뻐하는 남편에게 무척이나 서운했고, 그 감정이 점점 그레이 쿠폰을 만들어냈다.

반면에 남편은 아내와의 육체적인 관계를 원했다. 아내는 몸이 약하다는 이유로 남편과의 잠자리를 자주 피했다. 아내의 거절이 남편에게는 사랑에 대한 거절로 받아들여졌고, 이내 자존심에 상처를 입었다. 그는 외롭고 아내가 원망스러웠다. 자신의 육체적인 욕구를 아내와 터놓고 이야기하며 해결하기보다는, 쉽게 돈을 주고 얻으려고 했던 태도는 분명 문제였다. 부부는 사랑을 바라보는 생각 자체가 달랐고, 서로에게 한 번도 자신들이 원하는 사랑을 말해본 적이 없었다.

부부 문제는 주체가 되는 부부가 직접 마주 앉아 다루어야 하

는 사안이다. 물론 쉽지 않다. 지뢰를 제거하는 심정으로 조심
또 조심해야 한다. 때로는 객관적인 도움을 줄 전문가가 필요할
수도 있다. 어렵겠지만 분노의 감정과 비난의 생각들을 잠시 내
려놓아야 한다.

부부 문제를 누가 '옳고 그르고, 잘하고 잘못함'으로 보는 관점
또한 위험하다. 옳고 그름으로 상대를 탓하고 환경을 탓하고 운
명을 탓하는 것은 고통의 바퀴에서 나가지 않겠다는 의미다. 한
쪽은 아무런 문제 없이 잘해내는데, 상대만 문제를 일으키고 있
다고 생각하면 숨겨진 진짜 문제를 풀어나가기 어려울 것이다.

이쯤에서 나에게 가장 아팠던 이야기를 해보고자 한다.

○○　돈뿐 아니라, 관계에도 저축이 필요하다

관계에서 발생하는 감정 쿠폰을 감정 통장으로도 비유할 수 있다. 우리는 그레이 쿠폰이라는 인출과 골드 쿠폰이라는 예금을 반복하며 산다. 만약 부부 관계 통장에 예금 없이 인출만 계속된다면 어떻게 될까?

나의 결혼 생활에서 가장 큰 인출은 남편의 외도였다. 예상치 못한 인출에 남편을 향한 신뢰는 순식간에 깨져버렸다. 남편의 사랑이 다른 여자에게 옮겨갔으니, 우리의 사랑은 끝났다고 여겼다. 충격이 신기루처럼 사라질 수만 있다면 다시 새롭게 출발해 최선을 다하고 싶었다. 당시에 남편은 다시는 그런 일 없을 것이라고 굳게 약속했다. 순진하게도 정말 다시는 반복되지 않을 줄 알았다. 큰 상처와 고통을 받았지만 우리의 결혼이라는 통장을 없애지 않겠다는 뜻이 같았기에 스스로 감내했다. 그러나 1, 2년이 지나 그때보다 더 큰 마이너스 인출이 돌아왔다. 두 번째 인출의 데미지는 오래갔다. 남편도 여자도 관계를 곧바로 청산하지 못해서 2, 3년이나 지속되었다. 이 비바람이 빨리 사라지기만을 꾹꾹 견디며 기다릴 수밖에 없었다.

삶은 연습이 없으므로 누구나 실수를 저지를 수 있다. 그러나 같은 실수가 반복된다면 그것은 실수가 아니라 잘못이다. 게다가 외도는 치명적이다. "미안해, 내가 잘못했어. 다시는 그러지 않을게"라는 사과 한마디로 끝나지 않는다. 처음부터 같은 일이 반복되지 않을 방법을 적극 찾아야 했다. 한번 발생했던 일이라면 특정 조건이 갖추어지면 언제든 또다시 일어나는 것이 마음의 특성이라고 한다. 한 번 배신한 사람은 또 배신할 수 있고, 거짓말했던 사람은 거듭 거짓말할 수 있으며, 외도했던 사람은 다시 외도할 수 있다는 의미다. 그러므로 '절대 다시는 그러지 않겠다'는 굳건한 다짐 같은 것은 믿을 것이 못 된다. 행동은 무의식에 저장된 마음이 하는 일이기 때문이다.

그렇다고 계속 의심의 눈초리로 살아갈 수는 없는 일이다. '우리는 모두 원래 그런 존재'임을 받아들이는 것에서 해결책은 시작된다. 불교에서는 모든 고통과 문제에는 반드시 원인이 있으며, 어떤 일이든 우연히 일어나는 법은 없다는 '인과의 법칙'을 이야기한다. 사건 자체에 집중하기보다는 반복될 조건을 찾아 없애고 다시 새로운 길을 만들어내는 자세가 중요하다. 원인을 알아야만 다른 길을 찾을 수 있기 때문이다.

남편의 외도 사건은 오랜 세월이 지나고 나서야 문제의 원인을 들여다볼 수 있었다. 나에게는 가장 아픈 상처였기 때문에 들여다보는 일 자체가 괴로웠다. 남편도 마찬가지였다. 조금만 건드려도 예민하게 반응했다. 이 일을 제대로 볼 수 있었던 계기는 《며느리 사표》를 쓰면서였다. 이 책은 나의 결혼 생활에 대한 기록으로, 다시는 나 자신을 잃지 않겠다는 마음으로 썼다. 더는 어리석음을 되풀이하고 싶지 않았고 그 세월을 잊어서는 안 된다고 생각했다. 처음에는 마치 피해자의 진술처럼, 울분과 분노를 글로 풀어냈다. 남편과 시가와의 관계에서 내가 어떤 고통과 상처를 받았는지 낱낱이 밝혀내고자 했다. 초고를 단숨에 마쳤다. 그리고 1여 년의 퇴고 시간이 걸렸다. 스스로 겪었던 내용을 수십, 수백 번 반복해서 다듬는 작업은 결과적으로 나에게 치유 과정과도 같았다. 글을 다듬을 때마다 사건들 속으로 들어가야 했으니까.

이 과정에서 생각지 못한 일이 일어났다. 분노와 후회, 상처가 시간이 지날수록 옅어졌다. 울분이 가라앉고 분노가 탄식으로 바뀌며 상처가 아물어갔다. 마치 감정의 롤러코스터를 타다가 점차 굴곡이 잦아지며 평온해지는 경험이라고 할까. 이런 일련의 과정을 겪으며 피해자와 가해자의 구도에서 벗어나 양쪽 모두를 보는 균형 잡힌 시선이 생겼다. 나 자신과 사건이 객관적으로 보이기 시작했다. 진짜 나를 집중해서 들여다보는 계기였던 것이다. 그제야 비로소 모든 고통은 일차적으로 나에게서 비롯되었다는 사실을 알았다. 더는 불행을 남편이나 시가 탓만으로 돌리면 안 되었다. 불행을 푸는 열쇠는 내가 쥐고 있었기 때문이다.

기본적으로 나는 스스로에게 좋은 사람이 아니었다. 삶은 온전히 스스로 끌어가고 책임져야 한다. 그러나 나는 온 존재를 남편에게 내맡긴 채 가만있었고, 남편은 그 모든 부담으로부터 도망가고 싶어 했다. 결혼 초반에는 부부 갈등의 원인을 옳고 그름으로 판단했다. '최선을 다하는 나는 옳고, 이기적으로 사는 당신은 틀렸다'는 태도로 일관했다. 남편은 공격하고 쪼아대는 나의 태도를 피해 집 밖에서 위안을 얻으려 했는지 모른다.

길고도 어두운 터널을 지나 뒤늦게 돌아보니, 우리 부부는 덜 자란 어른이었다. 남편과 나는 쌍둥이처럼 모습이 같았다. 자기밖에 모르는 남편이 내게 드러나게 상처를 주었다면 남편밖에 몰랐던 나는 드러나지 않게 스스로에게 상처를 입혔다.

남편 역시 스스로에게 좋은 사람이 아니었다. 외도한 당사자 또한 결국 배우자에게 느끼는 죄책감으로 괴롭기는 마찬가지이기 때문이다. 잘못은 이미 일어나버렸고, 되돌릴 수 없다. 잘못과 고통을 곱씹다 보면, 상처에서 상처로, 상대를 탓하고 원망하고 파괴해버리고 싶은 전쟁만 남는다.

외도한 남편을 두둔하는 것이 아니다. 남편이 잘못에 책임을 지는 것과는 별개의 문제다. 그저 남편이란 존재와 남편의 잘못을 구분해낼 수 있어야 한다는 뜻이다. 잘못한 부분에 대해서만 책임을 묻는 자세가 필요하다. 자칫 남편 전체를 싸잡아 '나쁜 놈'이라고 규정한다면 부부로서 회복될 가능성은 없다. 엄밀하게 말하면, 외도를 했지만 남편의 다른 좋은 점들은 여전히 존재한다. 이를 받아들이기는 쉽지 않지만, 부부의 회복은 그 지점에서 시작될 수 있다. 잘못 하나를 그 사람의 존재 전체와 동일시해버린다면 부부에게 희망은 없다. 부부는 여전히 서로의 애정과 이해를 필요로 하기 때문이다. 이마저 잃었다면 그때는 이혼을 택해야 할 것이다.

연애할 때는 로미오와 줄리엣처럼 상대를 위해 죽을 수도 있지만, 결혼하면 상대를 죽일 수 있는 관계가 또 부부다. 애쓰며 가꾸어온 가정을 순식간에 지옥으로 만들 수 있다. 우리 마음은 마치 크리스털 잔과도 같아서 아주 미세한 감정에도 자잘한 균열이 생기며 쉽게 깨진다. 자신 안에 누적된 분노가 폭탄이 되어, '상대에게 고통을 줄 수 있다면 같이 죽어도 좋다'는 식으로 터져버리기도 한다. 한 가정이 깨지는 것은 쉽지만, 다시 회복하기는 무척이나 어렵고 긴 인내의 시간이 필요하다.

이때 부부의 관계 통장이 중요한 역할을 한다. 평소에 서로에게 예금을 많이 해두었다면 살아가며 저지르는 감정 폭발과 실수, 잘못으로 인해 생긴 인출에도 관계가 쉽게 깨지지는 않을 수 있다. 평소에 예금이 될 만한 행동을 수시로 적립해놓으면 늘어난 예금과 더불어 신뢰감이 이자처럼 쌓여 출금을 만회할 여지가 생긴다.

우리 부부의 예금 통장이 거듭 파산할 만한 인출이 있었던 만큼, 남편과의 신뢰는 회복되기 어렵다고 여겼다. 그러나 남편은 지난 8년 동안 꾸준히 예금을 지속해오고 있다. 깨졌다고 생각했던 신뢰감이 조금씩 회복되는 중이다. 어느덧 마이너스 통장에서 플러스로 바뀌어가고 있다. 아직 든든할 정도로 쌓이지는 않았으나 조금씩 늘어가고 있음이 느껴진다. 우리의 통장이 앞으로 어떻게 진행될지는 모른다. 그럼에도 서로의 관계를 개선하기 위한 통장 관리는 계속할 예정이다.

부부 관계에서 예금은 자주, 인출은 가능한 줄여야 한다. 그것이 신뢰를 쌓으며 마음 부자로 살아가는 길이다.

○○ 서로를 어디까지 받아주어야 하는가

영화 〈콜드 마운틴〉은 남북전쟁을 배경으로 한다. 전쟁에 징집된 남부 병사 인만(주드 로)은 사랑하는 연인 아이다(니콜 키드먼)에게 '반드시 돌아오겠다'라고 약속하고 떠난다. 전투 중에 중상을 입고 병원에 입원한 인만은, 회복되어도 죽음만이 기다리는 전쟁터로 다시 돌아가는 수밖에 없음을 깨닫고 탈영한다. 고향으로 돌아온 인만은 아이다와의 약속을 지킨 셈이지만, 자신은 이미 전쟁터에서 너무 많은 사람을 죽이고 피폐해졌다고 느낀다. 게다가 예전의 고유한 모습을 너무 많이 잃어버렸다. 인만은 아이다에게 자신을 그래도 받아주겠느냐고 묻는다.

우리 역시 전쟁 같은 결혼 생활을 보내며 서로 잃어서는 안되는 것들을 많이 잃으며 피폐해졌다. 예컨대 사랑·순수·희망·신뢰·연민·열정·아름다움과 같은 온기 있는 생명력을 잃었다.

인만의 질문은 우리 부부에게도 물음을 던진다.

"그래도 우리는 서로를 받아주어야 하는가?"

이 질문에 대한 답은 아직 다 살아보지 않아서 잘 모르겠다. 우리 부부의 지나온 삶을 적은 《며느리 사표》를 읽은 지인들이 '어떻게 그런 남편과 함께 살아왔냐'고 묻는다. 물론 남편의 태도는 변했고 지금도 계속 노력 중이겠지만, 그럼에도 사람은 크게 변하지 않는다고도 조언해준다. 더는 애쓰지 않고 그만 끝내고 싶을 때도 많았다. 그러나 서로의 어리석음으로 인해 겪은 고통이었기에, 다시 한 번 상대를 받아들이고 서로에게 기회를 주어야 한다고 생각했다. 개선할 기회조차 없다면 가장 후회할 사람은 바로 나 자신일 테니까. 어쩌면 이혼은 가장 쉬운 길일지 모른다. 분명한 점은, 그냥 끝내버리지 않은 덕분에 놀라운 일들을 계속 경험하는 중이라는 사실이다.

서로를 받아주어야 하는 더 중요한 이유가 있다. 상대를 받아들인다는 진정한 의미는, 나 자신을 받아들인다는 것이다. 남편과의 갈등에서 진짜 힘든 점은 스스로 보기 어려웠던 내 그림자, 즉 이면의 문제다. 상대는 나를 비추어주는 거울이기 때문이다. 그를 통해 내 문제를 바로 볼 때, 내 안에서 비로소 해답을 찾을 것이다. 이를 해결하며 변화하고 성장할 수 있다. 동시에 부부 사이에 변화와 성장도 꾀할 수 있다.

정신분석가 로버트 존슨은 "사랑은 한 사람과 관계를 맺는 것"이라고 이야기했다. 우리는 한 사람과 관계 맺는 방법을 몰라 많은 부분을 잃어버리는 중인지도 모른다. 서로를 받아주면서 사는 것은 관계 맺기를 가장 밀접하게 배우는 과정이다. 서로의 실수와 잘못을 만회할 시간이 부부에게는 충분하다.

우리 부부는 '너와 나'라는 가장 기본적인 관계를 몰라서 너무 멀리 헤매다가 돌아왔다. 사랑에 대한 부부의 판타지는 서로에게 과잉된 기대를 심어주었다. 결핍과 부족을 상대가 채워주어야만 사랑이라고 인식했다. 상대에게 바다 같은 사랑을 기대했고, 나 자신도 그와 같은 사랑을 주어야 한다고 여겼다. 그런 사랑은 없었다. 사랑은 신의 영역 같은 위대한 그 무엇이 아니라, 인간 영역의 소소한 것에서 시작한다는 사실을 몰랐다. 로버트 존슨은 책《We》에서 인간적인 소소한 사랑을 말한다. 그는 친구의 말을 빌려 "오트밀을 젓는" 사랑이라고 한다.

> 오트밀을 젓는 것은 신나거나 스릴 넘치는 일이 아니라 그저 소박한 행위다. 하지만 이 표현에는 지상으로 내려온 사랑을 담고 있다. 평범한 매일의 일상을 함께 나누고, 단순하고 낭만적이지도 않은 일들 가운데에서 의미를 찾겠다는 뜻이다. …단순하고 평범한 것에서 관계를 맺고 가치와 아름다움을 찾는다는 뜻이다.*

오트밀을 젓는 사소한 행위의 가치와 아름다움은 주변 어디에서나 발견할 수 있다. 지난여름, 부산에 여행을 갔다가 게스트하우스에서 한 자매를 만났다. 그들은 경주에서 부산으로 여행을 왔고, 다음날 여수로 향한다고 했다. 자매는 선덕여왕과 에밀레종이 그려진 책갈피를 선물로 주었다. 생각지도 않던 작은 선물로 행복해졌다. 다음 날 아침에 나도 자매에게 바나나와 요플레를 건네주었다.

사실 내가 받은 진짜 선물은 그들의 순수하고 밝은 에너지였다. 같은 방에서 하룻밤을 지냈을 뿐이지만, 자매의 소소한 마음은 봄바람처럼 내게 스며들었다. 그들과 짧은 시간을 보내며 이런 상상을 해보았다. 부부 관계에서도 과잉된 기대와 무리한 요구 없이 서로가 줄 수 있는 작고 소소한 것들, 우리 존재 자체의 순수한 에너지를 주고받으며 살아간다면 어떨까.

그러나 우리는 그러기에는 너무 무뎌지고 퇴색되었다. 영화 〈콜드 마운틴〉에서 아이다는 이렇게 말한다.

"잃어버린 것은 돌아오지 않는다. 땅도 치유되지 않는다. 다만 과거로부터 배워나갈 뿐."

잃어버리고 치유되지 않은 우리의 관계를 어떻게 다시 회복

＊ 로버트 존슨, 고혜경 옮김,《We》, 동연출판사, 2008, 315쪽.

할 수 있을까? 가능하기나 한 것일까? 어쩌면 잃어버린 지점, 우리가 처음 시작했던 그 지점으로 돌아가서 다시 질문해야 할 것이다.

'부부는 왜 함께 사는가? 우리에게 필요한 것은 무엇인가?', '평등한 부부로서 균형 있게 살려면 나와 너, 각자가 해야 할 일은 무엇인가?'

우리는 다만 과거로부터 배워나갈 것이다. 지난 어리석었던 경험들을 지우지는 못하지만, 삶의 차원을 넓혀갈 수는 있다. 누군가 이렇게 비유했다. 유리잔에 맑은 물이 한 잔 담겨 있다고 하자. 여기에 검은 잉크 한 방울을 떨어뜨린다면 그 물은 이내 검은색으로 변할 것이다. 이렇게 변해버린 물은 다시 깨끗해지기 어렵다. 그런데 유리잔의 검은 물을 욕조의 맑은 물에 담근다면 검은색은 옅어질 것이다. 만약 호수에 붓는다면 검은 잉크 물은 보이지도 않을 것이다. 오래전 내 가정에 닥친 고통이 유리잔 속 검은 물이었다면, 지금은 작은 풀장에 담근 정도로 색이 옅어졌다.

우리 부부의 관계는 예전과는 판이한 모습으로 변해가고 있다. 특히 나 자신의 변화가 가장 크다. 황석영의 소설 《개밥바라기별》에는 "목마르고 굶주린 자의 식사처럼 맛있고 매순간이 소중한 그런 삶"이라는 표현이 등장한다. 나에게 메마르고 피폐

했던 시간 덕분에 지금이 더욱 소중하고 살맛 난다. 우리가 잃어버린 경험들은 무엇이 진짜 소중한지 돌아보게 해주었다.

남편과의 관계는 시작도 내 예상과 달랐지만, 다시 살아가는 지금 세월 또한 예상과 다르다. 우리의 겨울은 봄을 이기지 못하고 서로의 악은 선을 이기지 못한다. 불교에서는 악업의 힘보다 선업의 힘이 더 크다고 한다. 그러므로 우리는 서로를 받아주면서 좀더 살아볼 필요가 있다. 스스로 포기하지 않고 견뎌낼 수 있다면 말이다.

○○   나는 매일 이혼을 결심한다

얼마 전에 매우 유쾌하고 재미있어서 단숨에 읽은 책이 있다. 김하나·황선우 작가가 쓴 《여자 둘이 살고 있습니다》였다. 두 여자가 각자 머물던 원룸을 정리하고 아파트를 장만해서 네 마리의 고양이와 함께 살아가는 이야기다. 이 책에서 제일 인상적인 점은 공동체의 '평등'이었다. 결혼해서 한집에 살 때도 이와 같다면 평등한 결혼 생활이 될 것이라 생각이 들었다. 두 저자의 경험은 '함께하는 삶은 이렇게 시작하는 것'이라고 말해주는 듯했다. 이와 더불어 결혼은 혼자서도 잘살 수 있을 때 해야 한다는 사실을 새삼 느꼈다. 혼자여도 잘살 수 있다면 다른 사람과 함께해도 행복할 것이다. 옆에 있으면 좋고 없어도 괜찮은, 누구도 의존하지 않으면서 '너와 함께여서 좋아'라고 말할 수 있는 삶. 책 속 두 사람은 각자 경제적·물리적·정신적으로 독립된 상태 같았다. 무엇보다 혼자서도 잘 살아온 듯 보였다. 친구든 연인이든, 두 사람 이상 함께 산다면 평등한 관계에서 시작해야 한다는 사실을 새삼 확인했다. 특히 경제적으로 평등해야 한다.

의존적이기만 했던 나는 좋은 남자를 만나 결혼해서 사랑받고 살면 행복할 줄 알았다. 행복을 결혼이나 남편으로 채우려 했다. 옆에 남편만 있으면 된다는 착각은 남편을 자기중심적이고 이기적으로 만들었다. 그의 외도를 알았을 때, 솔직히 '다른 여자와 살고 싶으니 이혼하자'는 말이 남편 입에서 나올까봐 내가 더 두려웠다. 두 번째 외도를 알았을 때는, 정말이지 그때는 진짜 이혼을 결심했다. 굴욕적이었지만, 방 한 칸 얻을 돈은 고사하고 혼자 살아야 한다는 막연한 두려움이 나를 막았다. 밑바닥이 다 드러난 듯 처참했다. 그럼에도 이혼은 내게 공포였다.

만약 그때 경제적으로 독립되어 있었다면, 하다못해 적은 수입이라도 지속적인 벌이가 있었다면 그토록 비참하지는 않았을 것이다. 경제력이 없으니 물리적·정신적으로 힘이 없었다. 외도가 드러났을 때 남편은 뜨끔했겠지만, 아내의 분노에 힘이 없음을 감지했을 것이다.

내 삶에 반전이 시작된 것은 2000만 원을 모았을 때부터였다. 마침내 내 힘으로 이혼을 선택할 수 있었다. 남편 입장에서는 그동안 힘들었던 일을 다 참아놓고 이제 와서 별것도 아닌 일로 이혼하자는 것처럼 느껴져 어이없었을지 모른다. 그의 생각은 중요치 않았다. 더는 이런 남편과 살아서는 안 된다는 결심, 그리고 결심을 행동으로 옮기는 나의 용기만이 중요했다. 이혼하면 따라오는 긍정적인 옵션도 있었다. 결혼할 때 자동으로 주어지는 시가에서의 역할이 사라진다는 사실이었다. 게다가 아이들 모두 스무 살이 넘었기에, 더는 엄마 역할에 매일 필요도 없었다. 내게는 잃는 것보다 얻는 것이 더 많았다.

그로부터 8년이 지났다. 우리는 아직 이혼하지 않고 한집에 살고 있다. 지금의 나는 혼자 살아도 괜찮고 남편과 함께 살아도 나쁘지 않다. 보이지 않는 세상의 견고한 틀과 당연함에 수많은 질문과 고민을 던져 얻어낸 결과였다. 가장 큰 비결은 '결혼의 끝'을 늘 염두에 두고 사는 것이다. 그렇다. 나는 매일 이혼을 결심한다. 서로가 달라 불편해진다면 먼저 개선해보려 노력할 것이다. 개선되지 않으면 그때는 이혼할 것이다. 내게는 가장 마지막 선택지가 이혼이다.

요즘에는 이혼 전에 졸혼卒婚이나 각거各居 같은* 다른 형태를

---

* 졸혼: 결혼을 졸업한다는 의미. 혼인은 유지하고 이혼하지 않되 서로의 삶에 관여하지 않는 삶의 한 형태. 각거: 따로 떨어져 사는 것.

선택할 수 있다. 이는 각자 또 다른 삶을 경험해볼 좋은 기회라고 본다. 개인적으로 약 1년 동안 혼자 살아본 적이 있는데, 그 경험은 내게 필요했다. 혼자 사는 게 처음이라 두렵기도 했지만 의외로 괜찮고 살 만했다. 이혼 이후의 삶을 간접적으로나마 체험할 수 있었다.

한 지인도 며느리 사표를 내고 남편과 살던 집을 떠나 제주도에서 열다섯 달 동안 홀로 살았다. 그곳에서 파트타임으로 일하고, 도서관 가까이에 방을 얻어 책을 읽고, 오름을 오르고, 올레길을 걸었다. 스스로에게 그림 그리는 시간을 선물로 주기도 했다. 생계를 위한 일, 집안일, 시가 일로 온전히 내어주었던 자신을 되찾은 시간이었다고 한다. 몸과 마음이 회복되었다고 느꼈을 때 육지로 돌아왔다. 그는 제주를 떠나며 다음과 같은 문자를 보내왔다.

열다섯 달 전, 손이 잘리고 팔이 꺾여 너무 아파서 제주에 나를 떨궜던가 봐요. 그 자리에 어느새 날개가 돋았더라고요. 날개 근육에 힘이 생겨서 날 수 있게 되었어요. 이제 날아갑니다. 육지로.

지인이 제주로 떠난 이유는 '원하는 삶을 위해서'였다. 그리고 제주에서 날마다, 단 하루도 예외 없이 인생 최고의 날을 경험했다고 한다. 그는 앞으로도 인생 최고의 날을 보내리라고 확신했다. 그는 육지로 돌아오는 제주공항에서 깨달았다. 의도치 않게 종착역으로 향하는 삶이 싫어서 집을 떠났는데, 알고 보니 집을 떠난 바로 그날 이미 결혼 생활을 '떠났음'을 알아차렸다. 그것도 모르고 제주에 있으면서도 며느리로서 시어머니 생신이나 명절에 참석하지 못해 죄책감을 느끼고 힘들어했다. 생각해보면 아무런 근거 없는 감정으로 혼자 괴로워했던 것이다.

다시 육지로 돌아올 때 어디에 거처할지 고민되었다고 한다. 분명 남편과 살던 그 집은 아니었다. 제3의 장소에 집을 얻었다. 지인은 이제 진짜 자신만의 공간이 생겼다는 사실이 새삼 기쁘다고 했다. 남편에게는 '결혼 관계는 유지하되 결혼 제도로는 되돌아가지 않겠다'라고 전했다. 남편은 그제야 아내가 단지 휴식이나 힐링을 위해 집을 나선 게 아니라는 사실을 알아차렸다. 지인의 마음은 가볍고 자유로워 보였다. 잃어버렸던 자신을 회복하고 돌아온 그에게서 단단함 또한 느껴졌다.

그렇다면 지금의 나는 어떨까. 남편과의 혼인 관계를 이어갈지 그만둘지 선택에 자유로워졌다. 스스로의 힘을 인식한다면 어디에도 매이지 않고 자유롭게 살 기회가 오는 것이다. 언제든 남편에게 "우리는 여기까지!"라고 말할 힘을 가져야 한다. 목소리는 힘이 있을 때 나오는 것이다. 오래전, 드라마 〈모래시계〉

에서 본 한 장면이 떠오른다. 드라마에서 아빠는 딸의 애인을 몰래 삼청교육대로 보내버렸다. '아빠를 용서하지 않겠다'고 말하는 딸에게 아빠는 말한다.

"용서할 수 없다고? 그것은 힘이 있는 자만이 할 수 있는 말이야."

더는 그 누가 나의 삶을 휘두를 수 없도록 스스로를 지켜야 한다. 나의 인생은 나에게 책임이 있기 때문이다.

우리 부부에게 언제나 끝이 있음을 기억한다. 결혼은 종신제가 아니기 때문이다. 남편 또한 우리의 끝을 언제든 선택할 수 있기를 바란다. 각자가 단단해야 더 풍요로운 공동체로 향할 수 있는 까닭이다. 시대는 우리 인식보다 더 빠르게 변해간다. 부부로 가는 길의 첫 번째는 자신에게 최선을 다하는 것이다. 과거의 아내는 죽었고, 과거의 남편 또한 죽어야 할 것이다. 김하나·황선우 두 작가의 삶처럼 평등한 관계로서 "둘이 살고 있습니다"라고 말할 수 있도록 유쾌하게 오늘을 살아가고 싶다.

돌파를 위한 제안

✓ 불만이든 사랑이든, 감정과 생각을 반드시 말이나 행동으로 표출한다. 상대는 내 속마음을 읽는 마법사가 아니다.

✓ 울고 싶을 때 화내거나, 화내고 싶을 때 울지 않는다. 정서에 솔직해져야 안에 쌓이는 화를 막을 수 있다. 감정이 주는 신호를 놓치지 않아야 한다.

✓ 사랑에 대한 환상을 거두어내고, 현실을 직시한다.

✓ 내가 하는 최선이 과연 상대가 바라는 최선인지 스스로 돌아본다.

✓ 부부의 기본은 '타협'이다. 평행선을 달리기만 한다면 싸움은 끝나지 않는다. 대화를 통해 시행착오를 거듭하다 보면 서로에게 알맞은 거리를 찾을 수 있다.

✓ 사랑은 한 가지 모습이 아니다. 서로가 생각하는 사랑이 어떤 모습인지 끝임없이 들여다보고, 우리 공동체에 맞는 이상형을 함께 찾아가야 한다.

✓ 상대가 저지른 잘못과 상대의 존재 자체를 동일시하지 않는다.

독립하기

의존 없는 자립을 위한 제안

○○

나는 사랑받는 여자가 되기 위해
거울 앞에서 너무 많은 시간을 보냈다.
이제는 스스로 주인으로 살기 위해
나만의 시간을 보내야 할 때다.

○○   보살핌과 의존에서 벗어나다

어떤 식으로 누구로부터 주입된 생각인지 모르겠지만, 아주 어릴 때부터 여자는 혼자 살 수 없는 존재라고 인식했다. 결혼 전에는 아버지의 보살핌을 받고, 결혼해서는 남편의 사랑을, 나이 들어서는 아들(자식)의 보호를 필요로 하는 존재로 여겼다. 여자가 결혼하지 않으면 평생 외롭고, 남자에게 사랑받으며 살아야 행복한 줄 알았다. 과연 여자들은 남자의 보호와 사랑이 없으면 살아가기 어려운 존재인가?

1990년대 초반, 배우 최진실 씨를 스타덤에 오르게 했던 광고 한마디가 있다.

"남자는요, 여자 하기 나름이에요."

사랑스럽고 예쁜 20대 초반의 최진실 씨는 남자에게 사랑받을 만한 매력이 충분한 듯 보였다. 그 광고는 최진실 씨처럼 사랑받는 여자가 되려면 예쁘고 귀엽고 사랑스러우며 애교도 만점이어야 한다는 인식을 심어주었다.

결혼 상대를 맺어주는 업체에 의하면 여자가 선호하는 남자의 첫 번째 조건은 '경제력'이라고 한다. 반면에 남자가 선호하는 여자의 첫 번째 조건은 '예쁜 외모'였다. 두 번째, 세 번째 조건도 모두 외모라는데, 남성뿐 아니라 일부 여성도 무조건 예쁘고 보아야 한다고 생각하는 것 같다. 예쁘면 연애에서 상대를 선택하는 폭도 넓어지고, 사회생활에서도 유리하다는 것이다. 또 사람들은 예쁜 사람에게 친절하다고 한다.

한번은 20대 초반인 조카가 "예쁜 외모는 여자의 권력"이라고 말했다. 조카에게 여자의 외모가 권력이라면 그 수명이 얼마나 되겠냐고 질문했다. 조카는 잠시 생각하더니 "20대"라고 대답했다. 여자의 권력은 기껏 해야 10년밖에 안 된다는 것이냐, 그렇게 짧게 사라질 권력이라면 그것이 대체 얼마나 중요하겠냐고 되물은 적이 있다.

사실 조카를 이해하지 못할 바는 아니다. 나도 20대에는 그렇게 생각했으니까. 당시에 내 또래 중에는 서른이 되면 자살하겠다는 말을 아무렇지 않게 하는 이도 있었다. 20대 초반이 보는 30대는 영원히 오지 않을 것 같은, 상상하고 싶지 않은 나이였다. 제일 예쁠 때 최고로 (권력을) 누려보고 싶다는 의미다. 그렇다면 30대 이후나 혹은 스스로를 예쁘지 않다고 여기는 20대 여자는 어떻게 살아야 한다는 것인가.

이렇게 말하는 나 자신도 30대 초반에 남편의 외도 이유를 '아이 둘 낳고 매력이 없어진 나'에게서 찾았다. 매력이 사그라 져서 젊고 예쁜 여자들에게 밀릴 수밖에 없다고 자책했다. 결혼 생활이 불행했던 이유 또한 매력을 잃고 남편의 사랑을 받지 못 해서라고 여겼다.

한때 노래방에 가면 심수봉의 〈사랑밖엔 난 몰라〉를 즐겨 불 렀다. 이 노래 속 나는 진짜 사랑받기 위해 태어난 존재 같았다. 사랑이 인생의 전부처럼 느껴졌다. 결혼 전에 어머니나 또래 아 주머니들은 내게 '여자 팔자는 남자에게 얼마나 사랑받는가에 달렸다'고 했다. 드라마나 영화에서도 사랑이 단골 주제였다. 여 자가 애인에게 버림받아 자살하거나 복수하는 이야기, 이루어 질 수 없는 사랑에 목숨을 거는 내용이 허다했다. '사랑받지 못 한 여자의 인생은 끝'이라는 허황된 말이 종교처럼 자리 잡고 있었다.

1980~90년대에는 결혼하지 않은 여자들을 '노처녀'라 부르 고 '남자에게 사랑받지 못한 불쌍한 여자'로 보는 경향이 강했 다. 서른 너머 결혼하지 못한 여자는 이른바 '똥값'이라는 농담 에 구속되던 때였다. 여자들이 서른을 넘기기 전에 말 그대로

적당한 남자를 만나 결혼해버리는 모습에 의아했던 기억이 난다. 좋아했던 멋진 언니가 한눈에 보아도 볼품없는 남자와 결혼한다고 했을 때, 그 언니의 남자를 선택하는 기준을 도무지 이해할 수 없었다. 언니의 나이는 스물아홉이었다.

가끔 동생과 이런 이야기를 나눌 때가 있다. 만약 우리에게도 독립이라는 선택지가 있었다면 결혼을 했을까? 나도 동생도 사랑해서 결혼했다지만, 사실은 당시에 어머니로부터 탈출할 유일한 길이 결혼이라는 부분도 작용했다. 슬픈 일은, 어머니로부터는 탈출하는 길이 더 견고한 감옥으로 들어간 꼴이 되었다.

놀랍게도 나만 그런 것이 아니었다. 결혼한 여자들에게서 내밀하게 듣는 이야기 가운데 하나는, 자신들의 결혼이 아버지 혹은 어머니로부터 탈출하기 위한 유일한 수단이었다는 고백이다. 결혼 전에는 부모로부터, 결혼 이후에는 시가나 남편으로부터 독립된 자신으로 살고자 탈출을 시도하지만, 여자 혼자 살기 어렵다는 두려움이 다시 제자리로 돌아가게 부추겼다. 여전히 남편에게 기대어 사랑받고 보호받아야 행복한 여자라는 가면을 쓴 채 참고 살았다. 여자의 보호자이자 주인을 남자로 정해놓은 삶이 이어지는 것이다. 주체적인 삶은 엄두도 내지 못했다.

세상은 달라졌다. 더는 '남자에게 사랑받는 여자가 행복하다'라는 말에 속지 않는다. 결혼 생활의 불행은 내가 매력 없기 때문이 아니라 스스로 주인으로서 살지 못해서 생겼다. 삶의 목적은 그냥 나 자신이 되는 데 있었다.

나는 사랑받는 여자가 되기 위해 거울 앞에서 너무 많은 시간을 보냈다. 이제는 스스로 주인으로 살기 위해 나만의 시간을 보내야 할 때다.

○○　누구 하나도 소외시키지 말자

"가족 호칭 개선 투쟁기"라는 부제가 붙은 책《나는 당신들의 아랫사람이 아닙니다》는 가족 호칭, 시가에서의 호칭에 관한 이야기다. 저자인 배윤민정 씨는 첫 장에서 "모든 것은 나의 이 한마디에서 시작되었다"라며 입을 뗀다.

"우리 모두 아주버님·형님·도련님이라는 호칭 대신 이름에 '님' 자를 붙여서 불러보면 어떨까요?"

이 한마디의 파장은 전혀 예상치 못하게 흘러갔다. 이후 호칭에 존재하는 불평등과 서열에 맞선 1년간의 투쟁이 지속되었다.

시가에서의 어색함과 불편함은 호칭에서 시작한다. 결혼한 여자가 시가 식구들을 부르는 호칭에는 '님' 자가 붙지만, '며느리'라는 호칭은 그렇지 않다. '님'은 존중을 상징하지만, 며느리를 부르는 호칭에는 존중도 하대도 없다. 며느리라는 호칭 뒤에는 분명 한 개인이 존재한다. 문제는 시가에서 며느리는 개인으로서 존중받기 어렵다는 데 있다. 저자의 호칭 개선 투쟁은 호칭 이면에 존재하는 한 사람을 인정하고 존중해달라는 의미가 아닐까.

내게는 '며느리'라고 읊을 때 드는 묘한 서글픔이 있다. 내가 시가의 일원이고 가족이라고 하지만, 시가 사람을 부르는 호칭과 며느리 사이에는 분리된 다른 차원의 영역이 존재했다. 시가에서 여자, 그리고 장손을 제외한 아이들은 존재감이 없었다. 나중에야 내 딸 역시 여자라는 이유로 시가에서 소외받았던 사실을 알았다. 딸에 의하면, 자신이 기억하는 한 아주 어릴 때부터 할아버지·할머니는 장손인 오빠와 자신을 보는 눈빛이 달랐음을 느꼈다고 한다. 차별 없이 똑같이 사랑하는 듯 보였지만, 온몸으로 차이를 감지할 수 있었다는 것이다. 시가의 남자 어른들에게는 말할 것도 없었다. 명절과 제사, 친척 모임에서 딸의 존재감은 없었다. 나는 주방에서 일하느라 미처 딸의 자리에 대해 생각하지 못했다. 내 존재감이 없는 상황에 딸의 존재감까지 챙겨주지 못했다. 이는 나와 딸에게만 국한된 것이 아니라, 여자를 대하는 시가 전체의 태도 문제였다.

지난 연말, 시부모 집에서 가족 모임이 이루어졌다. 시부모를 비롯한 우리 세 남매 부부의 직계가족은 열네 명이다. 작년에 시누이 딸이 결혼하면서 식구가 하나 더 늘었다. 연말이라 대가족이 식사할 식당을 예약하기도 어려웠지만, 그저 그런 음식으로 어수선하게 먹고 끝내는 모임이 싫어서 고기를 사다 구워 먹자는 데 의견이 일치했다. 오랜만에 한 명도 빠지지 않았다. 한두 달에 한 번 모이고 명절마다 만났지만 왠지 이번 모임은 다르게 느껴졌다.

이날은 동지였는데, 시아버지가 팥죽을 사 오고, 시어머니는 밥을 짓고 배춧국을 끓이셨다. 시누이가 고기와 야채를 사 왔고 먼저 도착한 동서가 야채를 씻었다. 시동생과 조카 둘이 나란히 판을 깔아 고기를 구웠고, 나는 반찬 한 가지를 가져갔다. 성인이 된 3세들이 상차림과 치우는 것을 거들고 식구 수대로 후식용 커피와 음료를 사 왔다. 설거지는 남편이 맡았다.

이번 시가 만남의 가장 핵심은 평등과 협력이었다. 여자 일과 남자 일을 따로 구분 짓지 않고, 연장자와 아이의 서열이 존재하지 않았다. 무엇보다 그 누구도 소외되지 않았다. 조부모와 부모, 자녀까지 3세대가 모였지만 한쪽이 일방적으로 이야기를 끌어가고 다른 한쪽이 억지로 들어야 하는 수직적인 대화는 없었다. 누군가 말을 꺼내면 각자 자신의 의견을 자유롭게 건네었다. 예를 들어 여든다섯 시아버지가 보수적인 견해를 드러내면 손주 세대는 자신들의 관점으로 의견을 개진했다. 물론 어느 한

쪽의 일방적인 결론 같은 것은 없었다. 서로 적대적으로 언성을 높여가는 대화가 아니라, 왜 할아버지가 보수적인지, 젊은이들은 어떤 생각인지 서로 이해하고 대화하려는 모습이 보였다. 모두가 목소리를 내는 평등과 자유로움 덕분에 불편함 없이 웃고 떠들었다. 이날 3세들이 사온 커피를 마시며 나는 다시 한 번 시가에서의 기적을 온몸으로 느꼈다. 이제 시가에서 우리 모두가 주인이다.

이 기적의 가장 큰 수혜자는 열한 살이 된 쌍둥이들이다. 늦게 태어난 덕분이지만 달라진 시가의 분위기 아래 모두에게 배려와 존중을 받고 있기 때문이다.

식사를 마치고 집으로 돌아가는 길에 딸이 말했다, 아이들의 표정이 참 밝아서 좋다고. 쌍둥이의 환경은 딸이 자랐을 때와는 확연히 달라졌다. 자신들의 감정을 표현하고, 의견을 서슴지 않는다. 어른들은 그에 진심으로 반응하고 들어준다. 무엇보다 어리다고 또는 여자라고 소외시키지 않는다.

어릴 때 딸은 거실을 차지한 친척들을 피해 조용히 한쪽 방 안에 틀어박혀 소외되었다. 남자 어른에게 의견을 말했더니 "기지배가 시끄러워"라는 말을 들은 기억이 있었다. 딸에게는 지금이라도 변화되어 다행이라고 말했지만, 엄마인 내가 좀더 일찍 용기를 내었다면 어땠을까 싶다. 지금과 같은 환경을 우리 아이들에게도 선물해줄 수 있지 않았을까 하는 안타까움이 들었다.

여자든 남자든 아이든 노인이든, 누구라도 한 존재로서 당연히 존중받아야 한다. 하다못해 반려동물도 존재로서 인정받지 못하면 병이 난다. 동물은 병을 숨기지 않지만, 사람은 마음의 병이 안에서 곪아간다는 점이 다를 뿐이다.

시가 전체를 놓고 보면 며느리로서 나는 작고 보잘것없는 존재 같았다. 그러나 보잘것없는 존재의 작은 용기가 시가 전체의 문화를 바꾸어갈 수 있었다. 그들이 먼저 바뀌어야 나를 바꿀 수 있는 것이 아니었다. 내가 변화된 행동을 보일 때, 가족 구성원들도 따라서 달라진다는 사실을 알았다.

현재 시부모와 나는 서로 존중하고 존중받는 관계라고 느낀다. 시가 행사에 참석할지 여부를 스스로 선택할 수 있다. 작년 연말에 시가족에서 모임 날짜와 장소를 알려왔다. 나는 일이 있어 가지 못한다고 이야기했다. 동서네와 시누이도 개인적인 이유로 참석하지 못한다는 연락을 주고받았다. 이제는 누구도 의무라고 강요받지 않는다. 선택의 자유는 다시 상대를 향한 자발적인 마음으로 연결되었다. 간혹 맛있는 반찬을 하면 시부모 생각이 난다. 내가 무언가 나누어드리면 시어머니는 당신이 만든 것을 또 보내온다. 자발적인 주고받음에서 감사와 기쁨을 느끼며 살고 있다.

모두가 행복해지기를 원한다. 그런데 누구도 행복하다고 느끼지 않는다. 왜 그럴까? 예전의 나는 행복이란 신이 축복으로 내려주는 선물이라 여기고 신에게 간절히 호소했다. 행복해지기를 원하면서도 이를 위해 스스로 행동하지 않았다. 두 손으로 움켜잡아야만 원하는 바를 가질 수 있다는 사실은 나중에야 깨달았다.

8년 전에 이혼을 결심했을 때, 가장 고무되었던 부분은 더는 며느리 역할을 하지 않아도 된다는 사실이었다. 엄마 역할도 졸업하고 아내·주부 역할에서도 자유로워졌는데 명절 앞에서 '며느리 역할'은 그대로였다. 며느리 되려고 결혼한 것도 아닌데, 그 역할이 제일 큰 부담으로 차지하고 있었다. 생각해보면 며느리 역할을 '오래 했으니까 이제 그만두어도 된다'라고 하지 않는다. 저절로 없어지는 것도 아니다. 그만두고 싶다면 직접 그만두어야 한다는 사실을 알았다. 며느리 역할을 계속할지 내려놓을지 여부를 스스로 선택하고 싶었다. 내게 선택권이 있다고 생각하니 양어깨에 무겁게 올려두었던 쇳덩이를 내려놓는 듯 가벼워지고 용기가 솟았다.

여러 가지 역할에 매이다 보면 스스로 행복해지기 어렵다. 예전에 부모교육 강의를 할 때 만난 여성들은, 자신은 행복하지 않아도 아이들만은 행복하기를 바랐다(그래서 부모교육에도 참여했을 것이다). 행복한 아이로 키우기 위해 강의도 듣고 육아 서적도 읽으며 노력하지만, 애쓰는 것에 비해 아이들은 그다지 행복하지 않았다. 엄마 자신이 행복하지 못하기 때문이다. 엄마가 된 여성들은 아이를 비롯한 가족의 행복과 평화를 위해 참고 순응하며 사는 경우가 많았다. 아이가 진정으로 행복해지려면 자신이 먼저 행복해야 한다는 사실을 머리로는 이해하지만 현실에서 실천하지 못했다.

가족은 모빌처럼 연결된 존재다. 모빌의 줄 하나를 당기면 나머지도 흔들리는 것처럼, 며느리·엄마·아내가 흔들리면 가족 모두가 흔들린다. 한 사람이 힘들고 고통스러운데 나머지 가족이 행복할 수 없다. 며느리로서 맡은 역할에 충실하고, 남편의 부당하고 폭력적인 행동에 참아주고, 열심히 아이들에게 헌신

한다고 해서 남편과 아이들이 행복할까? 그렇지 않다. 편안할 수는 있을 것이다. 그러나 편안함은 행복이 아니다.

자신의 부모님은 어떤가? 행복해 보였던가? '그렇다'라고 대답한다면 본인도 행복할 가능성이 크다. 스스로 행복할 방법을 찾는 것도 어렵지 않을 테다. 자식들에게 애쓰지 않아도 서로 평화로울 것이다. 반대로 부모가 행복하지 못했다면 자신도 행복하지 않을 개연성이 크다. 행복을 배우지 못했기 때문이다. 오히려 행복에 대한 환상만 커질 수 있다. 행복이란 어떠해야 한다는 큰 그림만 그려놓고, 그림과 다른 자신의 모습 앞에 고통스러워할지도 모른다.

대학생 1학년인 미숙 씨도 그러했다. 미숙 씨에게는 빨리 결혼해서 아이를 다섯쯤 낳고 행복한 아내이자 엄마로 살고 싶다는 꿈이 있었다. 고등학교를 갓 졸업한, 아직은 결혼을 생각하기 이른 스무 살에 이런 꿈을 꾸다니 의아했다. 미숙 씨에게 어머니·아버지는 행복하시냐고 물어보았다. 아버지는 술만 마시면 집안에서 횡포를 부려 어머니를 괴롭혔고, 외도가 빈번했다고 한다. 아버지는 한 직장에 오래 적응하지 못했다. 한두 달 만에 회사에 불평불만을 늘어놓는 경우가 잦아지면서 결국 그만두기를 반복했다. 집안의 생계는 어머니가 장사해 번 돈으로 꾸렸다. 아버지는 사업비 명목으로 어머니가 일하는 가게를 담보로 대출받는 일이 잦았다. 빚이 감당할 수 없을 만큼 불어났을 때 부모는 이혼했다. 가게가 담보로 잡힌 어머니는 이혼했음에도 동네를 떠나지 못하고 그 빚을 갚았다. 더 복장 터지는 일은 여전히 남편과 시가 식구들은 어머니 가게를 제집 드나들 듯하며 어머니를 종 부리듯 대한다고 했다.

미숙 씨는 아주 어릴 때부터 지금까지 단 한 번도 부모의 사이좋고 행복한 모습을 본 적이 없단다. 미숙 씨의 꿈이 빨리 결혼해서 아이를 낳고 사는 일이었던 이유는 어쩌면 부모의 불화에 지칠 대로 지쳐 자신만은 다르게 살고 싶다는, 다르게 살리라는 간절함 때문이었는지 모르겠다.

영화 〈마더!〉에서 아버지뻘 되는 남편과 함께 사는 여자(제니퍼 로렌스)는, 화재로 타버린 저택을 '파라다이스 같은 집'으로 수리하겠다는 꿈이 있었다. 이 집을 구경하던 여자(미셸 파이터)가 "아예 집을 싹 다 허물고 새로 하지 그랬느냐"고 물으니 여자는 "여기는 남편의 집"이라고 대답한다. 집수리 정도는 가능하지만 아예 전체를 다 허물고 새로 시작할 수는 없다는 말이었다. 방문한 여자는 멋지게 만든 이 집은 그저 배경일 뿐이라고 이야기한다. 남편 집에 사는 여자는 자신이 파라다이스 같은 집을 짓고, 남편은 시인으로서 완벽한 시를 창작한다면 둘은 행복하리라 생각한다. 마치 미숙 씨가 결혼해서 아이를 많이 낳고 살면 행복하리라 여기듯이 말이다. 그러나 여자의 생각과 달리 집은 다시 잿더미로 돌아가고 그 잿더미는 반복된다.

'어떻게 되겠지!' 또는 '나는 반드시 우리 부모와 다르게 살 거야'라는 '생각'만으로는 아무것도 주어지지 않는다. 막연한 생각은 결혼식이 끝나는 순간 한 달 정도만 살아보면 이내 잿더미처럼 사라진다는 것을 경험해 보니 알겠다. 그것은 그저 환상이고 껍데기일 뿐이기 때문이다. 자신이 원하는 행복이 무엇인지, 부모와는 어떻게 다르게 살 것인지 구체적인 그림을 그려야 한다. 결혼 안에서 살 부부의 진짜 알맹이가 무엇인지 알아야 한다. 그것은 불에 타거나 사라지지 않을 것이다.

미숙 씨의 결혼에 대한 생각은 어디서 비롯되었을까? '행복한 결혼'이라는 꿈을 이루기 위해서는 먼저 폐허가 된 부모의 불행이 어디서 시작되었는지 찾아보아야 한다. 부모를 불행하게 했던 삶의 방식을 아예 뿌리까지 허물고, 자신의 삶에서부터 새로 시작해야 할 것이다. 그렇지 않으면 잿더미 같던 부모의 삶이 자신의 결혼 생활에서도 반복될지 모른다.

우리가 원하는 행복은 신의 은총처럼 오지 않는다. 영화 〈매트릭스〉의 네오(키아누 리브스)처럼, 빨간 약과 파란 약 가운데 하나를 선택해야 한다. '행복해질 거야'라는 막연한 환상이 파란 약, 원하는 바를 행동으로 옮겨 직접 움켜쥐어야 하는 현실이 빨간약이다. 스스로에게 매일 "어떤 약을 먹을래?"라고 물어보아야 한다. 원하는 바를 명확히 알아야 무엇을 버리고 또 선택할지 가늠할 수 있다. 그 선택에 따라 삶은 우리에게 다른 문을 열어줄 것이다.

○○　시간이 흐른다고 어른이 되지는 않는다

남편에게 이혼을 선언한 지 몇 년이 지나서였다. 갑작스러운 이혼 선언에 남편은 자신을 돌아보고 잘못 살아왔음을 깨달았다. 그 당시에 얼마나 충격받았는지 언급하며 농담처럼 한마디를 덧붙였다.

"진작 알아듣게 이야기해주지."

어이가 없었다. 지난 세월, 내 이야기 좀 들어달라고 얼마나 간절하게 호소해왔는지 떠올랐기 때문이다. 감당하지도 못할 술을 마시고 감정을 쏟아냈다. 반대로 아예 입을 다물어버리기도 했다. 말을 멈추면 남편이 먼저 다가와 이유를 물어볼 줄 알았다. 그러나 웬걸, 내가 버티지 못했다. 때로는 우리 문제에 집중하자며 한강이나 공원 같은 한적한 장소를 찾아가 호소하기도 했다. 내 말이 조금이라도 남편의 마음에 가닿기 바라는 간절함으로 울기도 많이 울었다. 초반에는 들어주는 것 같아 기대했지만, 나중에는 아무리 울어도 소용없음을 알았다.

원망과 비난, 하소연과 협박, 먼저 잘못했다며 무조건 백기 들기 등 할 수 있는 모든 수단을 동원해서 그에게 호소했다. 부재한 남편이 내 옆으로 돌아와준다면 함께 고민하고 풀어가며 다시 행복하게 살 수 있을 것 같았다. 나에게는 간절했지만, 그 간절함이 남편에게 전달되지 못했다. 견고한 장벽처럼 너무 답답했다. 남편과의 소통은 어려웠고, 내가 원하는 부부 관계는 불가능해 보였다. 마침내 진짜 이혼을 결심하고 나섰을 때, 그제야 내 목소리가 남편의 귀에 가닿았다. 그저 조용히 말했을 뿐인데 말이다.

23년 동안의 호소는 전달되지 못했는데, 어떻게 조용한 한 마디는 바로 알아들었을까? 이 둘의 차이는 무엇일까? 내 간절한 호소는 아무래도 친정어머니의 그것과 닮았던 듯하다. 어머니는 큰돈이 필요할 때마다 동네 부자 아저씨에게 돈을 빌렸다. 그때마다 어머니는 그에게 집안 사정을 깨알처럼 낱낱이 설명하며 간절히 호소했다. 돈을 빌리기 위해 하지 않아도 되는 가정사 치부까지 드러냈다. 그런 어머니의 모습을 본 나는 아저씨가 무이자로 돈을 빌려주는 고마운 사람인 줄 알았다. 나중에 보니 은행보다 훨씬 높은 이자를 지불하고, 원금도 때맞추어 모두 갚고 있었다. 오히려 그 아저씨가 큰 이자로 빌려가는 어머니에게 감사 인사를 해야 할 입장이었다. 간곡하게 호소하는 어머니 태도 때문에 그는 마치 자신이 우리 집의 은인이라도 되는 것 마냥 당당했다.

어머니의 태도는 상황을 개선할 권한과 힘이 상대에게 있다고 여기는 이면의 메시지였다. 호소가 간절할수록 상대의 권한과 힘은 더 크게 느껴진다. 남편을 향한 나의 호소 또한 우리의 상황을 개선할 권한과 힘이 전적으로 남편에게 있다는 의미로 전달되었을 것이다.

어머니나 나는 왜 그토록 상대에게 간절히 호소해왔을까? 아기의 성장 과정에 비유해보면 이해할 수 있을 것이다.

첫아이를 낳고 집에서 몸조리할 때였다. 시부모는 산모와 아기를 위한다며 방 온도를 찜질방만큼 높여놓았다. 산모인 나는 괜찮았지만, 아기에게는 더운 환경이었다. 태열기로 아기 얼굴과 온몸이 발갛게 되었다. 그 모습을 본 뒤에야 온도를 낮추었고, 아기의 태열기는 서서히 가라앉았다. 아기는 더워도 덥다고, 추워도 춥다고 말할 수 없었다. 양육자의 판단에 따라 모든 필요를 충족시킬 뿐이다. 아기는 울음이나 표정으로 필요를 표현했음에도 전달되지 못할 때 비로소 몸 상태로 드러난다. 아이는 말을 배우면서 점차 필요를 표현할 수 있게 된다. 성장할수록 스스로 해결해나가는 능력이 늘어나고 표현은 줄어든다. 그리고 어른이 되면 필요한 모든 것을 스스로 충족할 줄 알게 된다.

내 경우에는 그림을 배우고 싶었다. 고등학교를 졸업하고 돈을 번 이후 제일 먼저 화실을 등록했다. 더는 어머니에게 조를 필요가 없었다. 또 친구처럼 대학에 가고 싶다고 호소하지 않아도 되었다. 회사를 다니며 번 돈으로 학교 공부를 했고, 이후로도 필요한 것들을 찾아 해결해나갔다. 결혼하고 나서는 피아노를 배웠고 어릴 때 로망이던 '내 피아노'를 3년 할부로 살 수 있었다. 호소하지 않고도 필요한 것을 얻을 수 있다는 사실은 성인이 된 나에게 기쁨이었고, 스스로의 힘을 느끼는 계기였다.

스무 살 이후에는 누군가에게 하소연하지 않고 스스로 방법을 찾았는데, 결혼하는 순간부터 다시 아이가 되었나 보다. 어머니에게 호소하던 그때처럼 모든 것을 남편에게 호소했다. 어머니 자리에 남편을 앉혀놓고 나에 대한 모든 권한을 부여했다. 행복한 결혼 생활을 하는 방법은 다양했지만, 나는 전적으로 남편 한 사람에게만 의존했다. 나중에야 남편이 나와 함께 행복할 마음이 없음을 알아차렸다. 더는 참고 견딜 이유가 없었다. 마음을 결정하고 나니 긴말이 필요하지 않았다. 그저 조용히 그만 살자고 말했다.

이혼 선언을 시작으로 일련의 과정을 거치며 내 삶의 주인은 나임이 분명해졌다. 내가 어떻게 살아야 할지는 부모도 남편도 아닌 내 두 손에 달렸다. 문제를 해결하는 것도, 상황을 변화시킬 힘도 내게 있었다. 상대만 보면 그가 변하지 않는 한 불행을 바꿀 수 없다. 외부 탓은 자신의 책임에 대한 직무유기이자 여전히 아이로 살겠다는 태도다. 내게 일어난 모든 책임은 1차적으로 스스로에게 물어야 한다.

'어른'은 시간이 흐른다고 저절로 되지 않는다. '어른이 되었다'는 것은 나의 필요를 위해 직접 스스로 행동한다는 의미다. 무엇을 원하고 얼마만큼 필요로 하는지는 자신이 가장 잘 알고 채울 수 있기 때문이다. 이제야 나는 인생을 스스로 거머쥐는 어른이 되었다.

○○　나를 위한 시간은 거저 주어지지 않는다

미선 씨가 두 살 된 딸과 갓난아기인 둘째 아들을 업고 시가로 들어간 것은 15년 전이다. 외동아들인 남편은 갑자기 쓰러져 곧 돌아가실지 모를 시어머니를 모셔야 한다고 여겼다. 당시 주위 사람들은 여든을 앞둔 시어머니가 얼마 못 사시리라고 예상했다. 병구완이 우선이었기에, 살림은 시어머니 중심으로 돌아갔다. 점차 시어머니의 건강은 기적처럼 회복되어 13년을 더 사셨고, 결국 살림 패턴을 바꾸지는 못했다. 돌아가시기 2, 3년 전, 시어머니에게 치매가 왔다. 도우미가 돌보아주었지만, 미선 씨는 시어머니가 돌아가시기 전까지 며느리 역할에서 벗어나지 못했다.

졸지에 겪은 13년 시가살이였다. 시어머니가 돌아가시고 나서도 그 집에서 2, 3년을 더 살았다. 어느새 아이들은 고등학생과 중학생이 되었다. '새댁' 소리를 듣던 미선 씨는 40대 중반이 넘었다. 시어머니 돌봄이 우선이던 삶이 미선 씨의 습^習이 되어버렸다. 시어머니 자리가 남편과 사춘기 아이들로 바뀌었을 뿐이다. 그럼에도 미선 씨는 우울증과 무기력의 원인을 알아차리지 못했다.

어느 날 미선 씨는 통곡하다가 잠에서 깨어났다. 양로원에서 치매 든 시어머니에게 강제로 약을 먹이는 꿈이었다. 그 모습이 마치 30년 후의 자신을 보는 것처럼 끔찍했다. 지금처럼 자신을 잃어버린 채 살아간다면, 삶의 패턴을 돌리지 않는다면 자신 또한 노년의 시어머니와 다르지 않겠다고 미선 씨는 생각했다. 지난 15년이 순식간에 지나간 것처럼, 정신을 차리지 않으면 앞으로 30년 또한 다르지 않음을 깨달았다. 시간은 개인의 사정을 기다려주지 않는다.

또 다른 이야기다. 40대 중반인 희연 씨의 친정아버지는 늘 '게으름은 인간에게 가장 큰 죄악'이라고 말씀하셨다.

"무식함은 가르치면 되지만, 게으름은 가르쳐도 소용없다."

희연 씨는 지금 자신이 게으르게 살고 있다고 입을 열었다. 예전에 희연 씨 집을 방문한 사람들은 깔끔하고 정갈한 살림살이에 칭찬과 부러움을 아끼지 않았다. 그러했던 집에 어느 순간 먼지가 쌓이고 싱크대에 설거지 그릇이 찼다. 냉장고에는 언제 넣어두었는지 모를 반찬이 썩어가고 있었다. 아들 둘을 키우던 희연 씨는 둘째가 대학을 들어가서부터 몸이 무거워지기 시작했다. 처음에는 갱년기인가 싶었다. 주변 사람들이 건강 문제 아니냐고 걱정해서 종합검진도 받아보았다. 건강에는 이상이 없었다. 배고프지 않아도 무언가를 먹고, 밤마다 맥주와 치킨을 습관적으로 찾으면서 급속도로 살이 찌는 바람에 몸은 더 무거워졌다.

희연 씨는 자신이 '이대 나온 여자'라며 멋쩍은 듯이 말했다. 대학 때 만난 남편과 졸업하자마자 결혼했다. 사회 경험은 조금도 해보지 못했다. 지나고 보니 무엇이 그리 급했는지, 아무것도 모르고 너무 일찍 결혼한 것 같다고 했다. 허니문 베이비를 낳고 연이어 둘째도 생기면서 두 살 터울의 두 아들을 키웠다. 가장 큰 보람은 두 아들을 명문대에 입학시킨 일이라고 한다. 두 아들 공부를 뒷바라지하는 데 모든 에너지를 집중시켰다. 그런 자신이 어쩌다 이렇게 게을러졌는지 모르겠다고, 이러면 안 된다고 생각하지만 몸이 말을 듣지 않고 자꾸 늘어지며 만사가 귀찮다고 했다.

아픈 시어머니를 위해 시가로 들어갔던 미선 씨, 두 아들에게 부지런히 대하다가 스스로에게 게을러진 희연 씨의 잃어버린 시간.

예전에 나는 내 인생에 후회가 없기를 바랐다. 그러려면 원하는 일을 찾아 바쁘게 열심히 살면 된다고 여겼다. 어릴 때 부모나 어른들에게 '열심히 노력하며 살아야 한다'고 배웠으니까. 다이어리 가득 일정을 빽빽하게 채우면 왠지 뿌듯했다. 바쁠수록 무언가가 비는 듯한 느낌은 외면한 채 말이다. 이른 아침부터 늦은 밤까지 스스로에게 여유를 허락하지 않았다. 그렇게 열심히 사는데 어째서 행복하지 않은지, 왜 공허한지 알지 못했다. 노력하면 언젠가는 평화와 행복이 오리라 여겼지만, 오지 않았다.

지나고 보니 바쁘게 지내는 시간은 오히려 낭비한 인생이었음을 알았다. 겉으로는 열심히 사는 듯하지만, 진짜 필요한 것을 하지 않았다. 무엇이 필요한지 찾지 않았고 시간을 내어주지 않았다. 사실 시간이 아니라 마음이 없었다. 마음이 여러 '해야만 하는 일들'로 가득 차는 바람에 늘 쫓기듯 살았다.

영화 〈더 리더〉에서의 한나(케이트 윈슬렛)는 그런 나의 인생을 보여주는 듯했다. 한나는 주어진 일에 성실하게 최선을 다했다. 그 덕에 승진의 기회가 오지만, 글을 알지 못했던 한나는 다른 직업으로 피했다. 글을 배우기보다는 글과 관련 없는 직업, 글을 몰라도 되는 일이라면 무엇이든 받아들이고 열심히 일했다. 진짜 자신에게 필요한 바를 회피한 결과, 그녀는 엄청난 대가를 치러야 했다. 자신의 문맹으로 인해 무고한 사람들이 죽었고, 결국 그 일로 종신형을 선고받는다. 나중에야 자신이 무슨 일을 저질렀는지 알아차렸지만, 과거로 돌아갈 수는 없었다.

감옥에서 한나는 통한의 후회를 했을지 모르겠다. 외면해왔던 글을 배우기 시작했으니까. 책을 펼쳐놓고 카세트테이프로 읽어주는 글을 그대로 한 글자씩 짚어가며 혼자 배운다. 종신형을 선고받은 한나에게 글을 배우는 것이 이제는 필요하지 않을 수도 있다. 그럼에도 피하기만 하던 그 일을 시작했다. 뒤늦게 글을 배워나가며 깨닫는 기쁨과 성취감, 그런 자신이 자랑스러워 당당해진 한나를 보면서 안타까움을 느꼈다. 조금만 더 일찍, 필요할 때 글을 배웠더라면….

자신을 위한 시간을 내라는 이야기에 종종 사람들은 다음과 같이 대답한다.

"다 알아요. 그런데 너무 바빠서 시간이 없어요."

그렇다. 우리에게는 매일 우선해야 하는 일들이 줄을 서 있다. 이 상황에 자신을 위해 시간을 내라니 배부른 소리처럼 들릴지 모른다. 그러나 돈이 남을 때 저축하려면 평생 저축할 수 없듯이, 시간도 마찬가지다. 자신을 위한 시간을 먼저 할당해놓지 않으면 스스로를 위한 시간은 오지 않을 것이다.

하루 24시간을 초로 바꾸면 8만 6400초다. 이를 흔히 통장에 비유한다. 우리에게 매일 8만 6400원씩 들어온다고 생각해보

자. 이 돈(시간)은 누구에게나 평등하게 주어진다. 매일 입금되는 이 돈을 어떻게 분배해서 사용할까? 이를 어떻게 쓸 것인지는 온전히 나의 몫이다.

쉼 없이 입금되는 돈을 매일 10분의 1만 떼어내 자신을 위해 쓴다면, 10년, 20년 후에는 어떤 모습으로 다시 태어날까? 비록 지난 몇십 년을 낭비했지만, 아직 내게는 시간이 남았다. 지나간 시간을 찾을 수는 없겠지만 더는 잃어버리지 않을 방법은 있다. 생애의 끝 지점에 이르러 통한의 후회를 하지 않기 위해 오늘도 제일 먼저 나를 위한 시간을 할당해놓으려 한다.

둘째를 낳고 산후우울증이 왔을 때, 정말 나 자신이 없어질 것 같았다. 아내, 며느리, 두 아이의 엄마로 살다가 더는 개인의 삶으로 돌아갈 수 없을까 봐 두려웠다. 숨 쉴 틈을 찾아 중국어도 공부해보고 무작정 가게도 열어보았지만 잘되지 않았다. 아니, 말 그대로 폭삭 망했다. 돈 버는 법을 잘 몰랐기 때문이다.

남편의 두 번의 외도를 겪은 후, 이번에야말로 경제적 자립이 절실하다고 느꼈다. 지금 상황에서 벗어나려면 내 일을 찾아야 했다. 무점포로 옷가게도 차려보고, 학습지 교사도 나가보았다. 그러나 이전과 다를 바가 없었다. 또 몇 번의 좌절을 겪었다. 그 모든 고난의 시간을 견뎌냈다.

당시에는 힘들었지만 이런저런 일을 기웃거리다 보니 결국에는 진짜 하고 싶은 일을 찾아냈다. 아이들이 어릴 때 여러 차례에 걸쳐서 배웠던 부모교육을 좀더 깊이 공부해보면 어떨까 싶은 생각이 들었다. 서류를 지원하고 2년 정도 기다렸지만 교육생 모집이 없었다. 여기서 접어야 하나. 고민하다가 결국 찾아낸 곳이 지역사회교육협의회였다. 1년 반의 교육 과정을 이수했다. 이때가 마흔이었다.

둘째를 낳고 서른을 맞이할 때는 우울함에 어찌할 줄 몰랐는데, 마흔을 시작하면서는 오히려 희망적이었다. 지난 10년간 아무런 소득도 없는 일을 찾아 헤매고 다니던 기억들이 주마등처럼 스치고 지나갔다. 이제 나도 나이 들어서까지 할 수 있는 진짜 내 일이 생겼다는 생각에 기뻤다.

물론 이 일 또한 보기와 달랐다. 벌이도 적고 수입도 일정하지 않았다. 이 일을 부업이 아닌 전업으로 삼고 싶어서 대학원 공부도 병행했다. 그러다 보니 나중에는 공동저자로서 부모교육서를 집필하는 기회도 얻고, 8년 동안 부모교육 강사로 활동할 수 있었다. 그제야 겨우 나 한 사람을 먹일 정도의 벌이가 만들어졌다.

부모교육 강사는 일과 살림, 공부, 시가에서의 맏며느리, 집안에서의 좋은 엄마, 좋은 아내 역할에 밀려 결국 8년 만에 막을 내렸다. 그 많은 일을 하면서도 집안에서 남편의 도움은 전무했으니 당연하다. 사실 그만둘 당시에는 내가 그동안 얼마나 애써

왔는데, 어떻게 잡은 일인데 싶고, 그만두면 돌아오기 어려울 것 같아서 둘째를 낳고 느꼈던 두려움이 다시 일었다.

하지만 일전의 실패들이 용기를 주었다. '언제든 돌아올 수 있다'라고 주문처럼 되뇌였다. 나는 나를 믿었다. 이후 지친 나를 온전히 쉬게 해주고, 이혼을 선언하고, 시가에서 독립하고, 아이들을 독립시키는 등 잃어버렸던 나를 찾기 위한 단계를 밟아나갔다. 지금은 부모교육 강사 일을 그만두고 꿈작업을 지속하고 있다. 이 역시 안정적인 수입을 가져다주지는 않지만 각종 기관이나 개인 그룹과 작업도 하고, 블로그와 카페를 운영하는 등 이런저런 시도를 병행했다. 얼마를 버는가는 중요하지 않다. 적더라도 수입을 버는 내가 자랑스럽고, 제일 좋아하는 일을 찾았다는 사실이 기쁘다. 나이 들어서도 일정한 수입, 지속 가능한 일을 만들고 싶다.

큰 병이나 사고가 없다면 적어도 앞으로 40년에서 60년은 살게 될 것이다. 그 긴 세월 동안 나 한 사람을 책임질 만한 벌이가 중요하다. 적어도 75세까지는 할 수 있는 일, 80세 이후에는 일하지 않아도 수입이 들어올 구조를 만들어야 한다.

그러기 위해서는 우선 우리 집의 현재 생활비는 얼마이고, 살아가는 데 필요한 최저 생계비는 얼마인지 한번 계산해보아야 한다. 나는 2000만 원을 모으자마자 이혼을 요구했는데, 이 금

액은 내가 나를 먹여 살릴 최저 생계비가 한 달에 50~60만 원든다는 계산하에 이루어진 선언이었다. 돈이 없을 때는 막연히 불안했는데, 가족을 다 떼어놓고 나 혼자만 두고 계산해보니 생각보다 내가 그리 많은 돈을 쓰지 않는다는 사실을 깨달았다. 그 뒤에는 이혼을 요구할 용기가 생겼다.

현재 우리 집의 공동 생활비는 한 달에 100만 원이 조금 넘는다. 아이들이 독립하고 남편이 명예퇴직한 뒤에 생활비를 다이어트하면서 60~80만 원으로 생활한 적도 있다. 처음에는 남편과 나 모두 벌이가 변변치 못해서 각각 30만 원씩 생활비를 부담하다가 40만원으로 늘였다가 지금은 50만 원씩 갹출한다. 물론 용돈은 각자 알아서 벌어 쓴다. 생활비에는 식비가 가장 많이 들어가고, 관리비와 공과금, 생활용품 및 잡비도 포함된다. 각 30만 원씩 한 달 60만 원으로 생활할 때는 외식 한 번 할 수 없을 정도로 턱없이 부족했지만, 지금은 집밥이든 외식이든 선택할 정도는 된다. 남편과 나는 아침과 점심을 각자 해결하고, 저녁만 함께 먹는다. 외식이나 배달보다는 직접 유기농 재료를 구매해서 집에서 함께 만들어 먹는 편을 선택한다. 그쪽이 질적으로나 양적으로나 만족도가 높기 때문이다.

결론적으로 말하자면 나의 경제적 자립을 위한 분투기는 지금도 계속되고 있다. 여전히 이런저런 일을 시도하는 중이다.

작년에는 국가에서 운영하는 내일배움카드를 신청해서 바리스타 과정도 수료했다. 귀농도 생각해보고, 게스트하우스 운영은 어떤지 기웃거리기도 했다.

지금은 경제적 자립을 위해 예전처럼 처절하게 일을 찾지는 않는다. 나 한 사람만 책임지면 되기 때문이다. 일을 선택할 때 가장 중요하게 생각하는 조건은 '바쁘지 않아야 한다'는 것이다. 나 자신으로 사는 생활이 가장 중요하기 때문이다. 돈을 쫓느라 많은 일에 치이다 보면 주객이 전도되기 쉽다. 나는 비록 적게 벌지만, 결핍이 아닌 풍요로움을 느낀다. 남은 시간은 온전히 나에게 내어주면 더할 나위 없다.

먹고사는 것을 누구에게도 의존하지 않으면 힘과 목소리가 생긴다. 많이 버는 것은 중요하지 않다. 품위를 잃지 않으면 된다. 적게 벌면 적게 쓰고, 가끔씩 여행을 다니고. 그 정도면 충분하다.

○○ 글쓰기, 속말을 끄집어내는 수단

이야기하는 것을 좋아한다. 상대와 관심사가 같다면 며칠 밤을 지새우며 이야기해도 신나고 즐겁고, 했던 말을 끝없이 이어 해도 지루하지 않다. 처음 남편과 데이트할 때도 그러했다. 첫 데이트를 하던 날, 우리의 이야기는 그날 밤을 새울 정도로 끝이 없었고, 사흘 내내 이어졌다. 기회만 생기면 마음 안에 쌓인 말들을 끄집어내기에 바빴다. 대화가 잘 통한다고 느꼈다. 이 느낌이 남편과 결혼하기로 결심한 중요한 요소가 되었다.

슬프게도 그와 같은 대화가 결혼 후에도 이어지지는 않았다. 연인은 남편이 되자 장벽으로 변했다. 내 말을 들어주기는커녕 대화 자체를 꺼렸다. 나중에 알고 보니 남편은 대화를 좋아하거나 잘하는 사람이 아니었다. 그저 처음 만나는 연인에 대한 호기심으로 잘 들어준 것뿐이었다. 시가에 살던 시절, 외출도 자유롭지 않고, 남편 말고는 그 누구에게 답답한 마음을 표현하기 어려웠던 나는 외로웠다. 게다가 쏟아내고 싶던 이야기들이 내 안에 점점 쌓여갔다.

그렇게 쌓인 이야기들은 어디로 갔을까? 내게는 시간이 지나도 잊히지 않는 악몽 하나가 있다. 시가 아래층에 살 때 꾼 꿈이다. 화장실 타일 벽에서 옅은 피가 새어 나오는 꿈이었다. 에드거 앨런 포의 단편소설 〈검은 고양이〉가 연상되었다. 그 피가 무언가 비밀스러운 죽음을 의미하는 것 같았다. 2012년 여름, 꿈을 꾼 지 5, 6년이 지나 꿈작업 워크숍에 참석했을 때였다. 꿈 작업가인 제러미 테일러에게 이 꿈을 들려주었다. 제러미 선생의 첫마디는 다음과 같았다.

"당신의 이야기를 글로 쓰라."

내 안에 깊이 쌓여 있던 속말을 끄집어내라는 의미였다. 그 말에 강한 저항과 떨림을 동시에 느꼈다. 심장이 심하게 쿵쾅거리며 얼굴이 달아올랐다. 그 말이 마치 지상 과제처럼 들렸다. 그때까지 글쓰기는 내 삶에 없었다. 그 이후 내 이야기를 글로 써야 한다는 생각이 떠나지 않았다. 그러나 막상 글을 쓰려고 할 때마다 무슨 내용을 적어야 할지 난감했다.

우리가 하는 말에는 겉말과 속말이 있다는 사실을 깨달았다. 겉말은 오감으로 관찰 가능한, 보고 듣는 일상의 모든 현상들에 관한 이야기다. 속말은 느낌과 감정, 생각, 의견, 원하는 것에 관한 내용으로, 쉽게 감지하기 어렵다. 그간 나누었던 이야기의 대부분은 겉말이었다. 정작 마음속 깊이 담긴 속말은 꺼내지 못하고 있었던 것이다. 나의 결혼 생활이 우울했던 이유는 속말을 표현할 수 없다는 데에서 비롯되었다.

결혼 초반, 시어머니는 시간만 나면 내게 당신의 이야기를 쏟아내셨다. 매번 똑같은 내용을 반복했지만 어머니는 처음 꺼내는 것처럼 심각하고 무거웠다. 가끔 눈물을 글썽거리기도 하셨다. 이야기는 늘 이렇게 마무리된다.

"애, 내가 살아왔던 이야기를 글로 쓴다면 몇 권은 될 게다."

어느 날이었다. 또 그 말로 이야기가 끝날 즈음, 어머니께 진심으로 말씀드렸다.

"어머니, 진짜 한 번 써보세요."

알고 보니 어머니는 진짜 글을 쓰셨다. 안방으로 나를 데리고 가시더니 문갑 속 깊은 곳에서 노트 한 권을 꺼냈다. 내가 중학교 때나 쓰던 옛날식 회색 무제 공책이었다. 노트 열 장 내외로 여러 차례에 걸쳐 꼼꼼히 적어놓은 글이었다. 공책을 펼쳐보다가 마주한 시어머니의 글씨체가 무척 낯설었다. 평소 어머니의 단아한 모습과 옛날 맞춤법으로 휘갈기듯 쓴 글씨체가 대조를 이루니 기분이 묘해졌다.

시어머니는 언젠가 당신이 살아온 이야기를 다 적어보리라 생각했단다. 아쉽게도 지금은 그 내용들이 일일이 기억나지는 않지만, 대략 결혼해서 맏며느리로서 살아오신 과정이 담겨 있었다. 대가족 속에서 감당할 수 없는 일들을 수행하며 소리 낼 수 없던 한을 적은 속말이었다. 글로 쓴 어머니의 진짜 목소리였다. 아쉽게도 시어머니의 글은 거기서 더 나아가지 못했다.

기막히고 고통스러운 시어머니의 삶 안에는 어디에도 말할 수 없는 화가 있었다. 말 그대로 화병火病이었다. 좋은 여자로 살아온 시어머니는 화를 참고 눌렀다. 그랬더니 몸이 아팠다. 늘 명치에 무언가가 걸린 듯 자주 체하고 속이 답답하다고 호소하셨다. 가슴 언저리에 주먹만 한 덩어리가 만져진다고 했다. 혓바닥이 칼로 난도질한 듯 깊게 갈라져 음식 맛을 보기도 어려워하셨다.

정말 참을 수 없다고 느꼈을 때 딱 한 번 집을 나가셨다. 며칠 가출이 아니라, 아이 셋을 데리고 단칸방까지 얻으셨다고 한다. 그때 다시 돌아오지 말았어야 했다. 10여 년이 지나, 시조부모 옆으로 집을 지어 돌아오셨다. 자발적으로 다시 돌아간 시가살이는 시조부모가 돌아가시고도 끝나지 못했다.

나이 드신 분들만 화병에 걸리지는 않는다. 나에게도 속말을 끄집어내지 못해 쌓인 응어리와 화가 있었다. 이혼 선언 이후에야 남편에게 겨우 끄집어낸 속말로는 턱없이 부족했다. 시어머니·시할머니가 한번 말을 시작하면 끝도 없이 같은 이야기를 되풀이할 수밖에 없었던 이유가 비로소 이해되었다. 오랜 시간 쌓였던 이야기가 한두 번으로 풀릴 리 없었으니까.

속말을 하지 못하는 것은 심리적 죽음과도 같다. 영화 〈사랑과 추억〉에는 속말이 금지되어 온전히 살지 못했던 세 남매가 등장한다. 내용은 다음과 같다. 어릴 적 엄마와 남매만 집에 있다가 감옥에서 탈옥한 죄수들의 습격을 받는다. 그 바람에 엄마와 여동생, 그리고 남자아이인 어린 자신까지 성폭행을 당한다. 나중에 집에 돌아온 형이 그 죄수들을 죽여버리고 모두 함께 시체를 처리한다. 엄마는 누가 알까 봐 무서워 아이들 모두에게 절대 함구하라고 지시한다. 아이들은 감당할 수 없는 엄청난 일을 겪었음에도 겉으로 드러낼 수 없었다. 이후 형은 총으로 자살한다. 여동생도 여러 번 자살을 시도하며 정신병원을 오간다. 주인공 톰 윙고(닉 놀테) 또한 주의력 결핍과 분노 장애, 부부 갈등 등을 겪는다.

형제들의 죽음과 정신장애는 속말을 표현하지 못해 치르는 대가였다. 여기서 여동생이 스스로 죽음을 막을 수 있었던 수단은 바로 '글쓰기'였다. 동화 형태를 빌려 자신이 겪은 트라우마를 상징적으로 표현한 그 글들은 말 그대로 살기 위해 쓴 기록이었다. 말하기 어려운 끔찍한 일, 깊이 숨겨진 자신만의 이야기, 힘들었던 기억이나 아픈 상처를 글로 쓰는 것, 속 깊은 진술을 하는 작업은 마침내 그 상처로부터 놓여나게끔 돕는다.

깊은 곳에 쌓인 속말을 꺼내야만 우리는 살 수 있다. 그런데 아무리 둘러보아도 들어줄 사람이 없을 경우라면 어떻게 할까. 이때 우리가 미처 보지 못한 한 명이 있다. 바로 자기 자신이다.

그 누구에게 표현하기 어려운 이야기를 스스로에게는 드러낼 수 있었다. 글은 목소리보다 안전해서 여러 번 반복해도 괜찮다. 나는 꿈을 적어놓는 일기를 계속 쓰는 중이다. 아침마다 일어나자마자 지난밤에 꾼 꿈을 적고, 자기 전에는 일기로 마무리한다. 이것들은 나의 속말이다. 처음에는 몰랐지만, 목소리 내기 어려울 때 일기에 속말을 표현하는 작업이 나를 살려냈다. 속말을 표현하고 들어주는 일은 스스로를 외롭지 않게 도왔다. 나 자신이 살아나니, 혼자 버려진 듯 느껴지던 외로움도 잦아들었다.

요즘은 사람들과의 만남이 자연스레 줄었다. 이런 나를 보는 남편은 농담 반 걱정 반을 섞어 '노년에 친구 하나 없이 쓸쓸하게 지내면 어쩌냐'고 말을 건넨다. 모르는 소리다. 오히려 나는 더 자유롭고 풍요로워졌다. 내 이야기를 가장 깊이 이해하고 경청하는 나 자신이 언제나 함께하기 때문이다.

○○ 　상처를 충분히 애도한다

사고나 전쟁으로 팔이나 다리 하나를 잃은 이들은 오랜 세월이 지나도 여전히 그 자리에 느껴지는 통증 때문에 고통받는다고 한다. 존재하지 않는 육체에 고통을 느끼는 현상을 '환지통'이라고 부른다. 신경과학자 라마찬드란 박사는 환지통 환자들을 치료하기 위한 상자를 하나 만들었다. 한쪽 다리를 집어넣으면 상자 안에 달린 거울이 마치 정상적인 두 다리로 보이게 한다. 환자가 한쪽 다리를 움직이면 뇌가 거울 속에 비친 다른 쪽 다리를 진짜라고 느끼고, 마침내 환자에게서 통증이 사라진다고 한다.

마음의 상처 또한 환지통과 유사하다. 지금은 상황이 변했는데도 과거에 입은 어떤 이유 때문에 힘들어하기 때문이다. 마음에 남은 상처가 알게 모르게 여전히 자신을 아프게 한다.

해성 씨는 마음에 남은 환지통으로 힘들어했다. 해성 씨는 초
등학교 3학년 때 새엄마를 만났다. 일찍 떠난 엄마를 많이 그리
워하던 해성 씨는 새엄마를 따랐다. 그러나 새엄마는 차가웠다.
한겨울에도 작은 고사리 같은 손을 녹여가며 새엄마가 시킨 집
안일을 했어도 어린 해성 씨는 고생이라고 생각하지 않았다. 다
만 새엄마가 해주는 밥은 항상 양이 적어서 배가 고팠다. 밥통
에 흰쌀밥이 가득해도 마음껏 먹을 수 없었다. 한창 자랄 시기
인 청소년기에는 특히나 심했다. 더 먹고 싶다는 말에 새엄마는
"머슴 밥 먹냐"며 여자애는 한 공기면 충분하다고 대꾸했다. 친
자식을 친정에 맡기고 재혼했던 새엄마는 두고 온 자식들에 대
한 미안함 때문이었는지 애정이 고픈 해성 씨에게 밥도 마음도
부족하게 주었다.

해성 씨는 고등학교를 졸업하고 직장 생활을 하면서 혼자 살
기 시작했다. 더는 새엄마 눈치를 보지 않고 마음껏 밥을 해 먹
을 수 있었다. 차츰 몸집이 커졌다. 결혼한 후에도 쌀밥을 내려
놓지 못했다. 때로는 폭풍처럼 허기가 밀어닥쳐 한밤중에도 일
어나 밥통을 끌어안고 먹어야 했다.

해성 씨의 가장 큰 아픔은 몸과 마음의 허기였다. 해성 씨는
그 허기를 남편과 함께하는 시간으로 채우고 싶었다. 남편에게
요구한 것은 고작 뒷산으로 함께 산책가자는 제안이었지만, 남

편에게는 어려운 부탁이었는지 매일 바쁘다고 했다. 돈은 충분히 벌어다주지만 곁을 주지는 않았다. 해성 씨는 모든 허기를 쌀밥 하나로 채우고 있었다.

알게 모르게 우리는 어린 시절에 잔혹 동화와 같은 삶을 한 편쯤 겪었을지 모른다. 엄마에게 종종 나는 어떻게 태어났냐고 물어보면 '다리 밑에서 주워왔다'는 말을 흔하게 들었다. 언젠가 책 《엄마 찾아 삼만리》를 읽고 나서 어쩌면 엄마의 말이 사실인지 모른다고, 진짜 엄마가 어딘가에 살지 모른다는 환상을 품었다. 콩쥐, 심청이, 백설 공주, 헨젤과 그레텔, 성냥팔이 소녀 등의 이야기를 읽을 때마다 매번 눈물이 났다. 그런 동화는 우리가 살아오고, 살아가는 모습을 비추는 거울이었다.

우리가 겪은 과거의 경험을 되돌릴 수는 없다. 다만 그 고통을 어떻게 기억할 것인지에 따라 고통의 의미가 달라질 수는 있다. 류시화 시인의 책 《좋은지 나쁜지 누가 아는가》에는 '매장과 파종' 이야기가 등장한다. 시인은 젊은 시절에 고통스러웠던 자신의 일화를 전해준다. 그리고 아무리 극심한 고통일지라도 스스로 불행하거나 상황에 정신이 갉아먹히지는 않았다는 말을 덧붙인다. 훗날 웃으며 추억할 수 있으면 되지 않느냐고 반문한다.

생의 한때에 자신이 캄캄한 암흑 속에 매장되었다고 느끼는 순간이 있다. 어둠 속을 전력 질주해도 빛이 보이지 않을 때가. 그러나 사실 그때 우리는 어둠의 층에 매장된 것이 아니라 파종된 것이다. …세상이 자신을 매장시킨다고 생각할 수 있지만, 그것을 파종으로 바꾸는 것은 우리 자신이다.[*]

나에게는 오래전 상실의 아픔을 매장시키지 않고 파종하는 방법 가운데 하나가 글쓰기였다. 힘들었던 기억을 글로 써보는 것은 환지통 환자의 잃어버린 부위를 거울 상자에 비추어보는 작업과 같다. 나에게는 아버지의 죽음이 그러했다.

40년 전, 어느 날 갑자기 아버지가 돌아가셨다. 열다섯 살 내 생일을 치른 다음 날이었다. 30여 년이 넘도록 아버지의 죽음이 아픔으로 크게 자리 잡고 있는 줄도 몰랐다. 충분히 애도하지 못한 아버지의 죽음이 부부 관계에 영향을 미치고 있었다. 아버지의 이야기를 쓰면서 매장된 나 자신을 보게 되었다. 여전히 내 안에 있던 아버지를 떠나보내지 못했다. 남편에게 아버지를 투영해 집착하고 있었기 때문이다. 내 이야기를 쓰면서 비로소 아이가 아닌 지금의 시선으로 그때의 슬픔을 재경험했다. 열다

[*] 류시화,《좋은지 나쁜지 누가 아는가》, 더숲, 2019, 97쪽.

섯 아이가 느꼈을 마음을 지금의 내가 함께했다. 그때 울지 못했던 눈물이 쏟아졌다. 애도가 무엇인지도 모르고 살아왔던 나는 아버지의 죽음을 바라보며 여러 번 오열했다. 그리고 시간이 지나자 점차 그곳으로부터 빠져나왔다. 이제는 아버지의 죽음이 삶의 발목을 잡지는 않는다.

글을 쓰다 보면 소설 속 주인공이 된 것처럼 내 이야기에 더 오롯이 생생하게 접촉하게 된다. 알 수 없는 위안을 받고 상처도 흐려진다. 상처는 어느 부분에서 아이로 멈추었다. 아픈 아이는 성장하기 어렵다. 환지통처럼 내 안의 상실을 비추어보고 또 들여다보며 점차 치유되었다. 어느덧 훌쩍 커 있는 자신을 보게 된다. 글쓰기가 치유로서 작용하는 이유다.

○○   그 일은 당신 잘못이 아니다

신동석 감독의 영화 〈살아남은 아이〉는 자신의 목소리로 표현한 덕분에 한 아이가 죽지 않고 살아남은 이야기다. 영화는 가해 아이와 피해 아이의 부모를 중심으로 전개된다. 학교 폭력으로 한 아이가 죽었다. 엉겁결에 일어난 그 일은 가해 아이에게 평생 씻어낼 수 없는 죄책감으로 남았다. 사건의 진실은 학교와 부모 등 여러 이해관계가 얽혀 은폐되었다. 아이는 죄책감으로부터 달아나 그 일을 빨리 잊어버리고 싶었는지 모르겠다. 그러나 자신에게 잘해주는 피해 아이 부모를 대할 때마다 양심을 외면할 수 없어진다.

영화에서는 가해 아이가 사건의 진실과 자신의 잘못을 피해 아이 엄마에게 직접 진술하는 장면이 나온다. 영화는 당시를 재연하지 않고, 가해 아이의 목소리로 전한다. 이렇게 서술한 이유를 영화평론가 이동진은 "그렇게 해야 가해 아이가 그 상처에서 (스스로) 놓여나게 하는 힘이 생기기 때문"이라고 설명했다. 끔찍하게 피하고 싶은 고통이지만 자신의 목소리로 진술해야 한다. 고통에서 벗어나는 힘은 자신의 목소리에서 비롯된다. 아이는 엄청난 잘못을 저질렀지만, 직접 진술한 덕분에 그 사건으로 죽지 않고 다시 살아간다.

모든 가해자는 피해자였다고 한다. 피해자가 가해자가 된다니 아이러니하다. 생각해보면 살아가며 피해 한 번 입지 않은 사람이 얼마나 되겠는가. 이 말의 핵심은 '우리도 가해자가 될 수 있다'는 데 있다.

앞서 환지통에 대해 설명했다. 마음 안에 무엇인가가 잘려나간 듯 큰 상실을 겪으면 아이에게 온전한 사랑을 주기 어렵다. 마음은 여전히 통증을 느끼고 있기 때문이다. 우리는 이유도 모르고 상처받고, 치유되지도 못한 채 성인이 되고 엄마가 된다. 부모에게 상처 입은 마음에 '엄마같이 살지 않겠다'고 결심한다. 노력으로 엄마와 다른, 좋은 엄마가 되었다고 착각하지만 무의식은 자신의 엄마에 머물러 있다. 마치 자기 안에 사는 지킬과 하이드 같다. 지킬 엄마로 살려고 애쓸수록 자기 안의 하이드 모습을 보지 못한다. 무의식적으로 튀어나오는 말과 행동, 태도까지 막을 수는 없다. 결국 자신도 어머니처럼 아이에게 상처

주었음을 나중에야 깨닫고 죄책감을 하나씩 가슴에 얹게 된다.

죄책감은 무거운 돌과 같다. 알게 모르게 상처 주고 나서 앞으로 정말 잘하겠다고 뼈아프게 반성하고 후회하고 다짐하지만, 문제는 그렇지 못하다는 데 있다. 처음에는 상처를 만회하고자 과도하게 애쓰고, 지나친 애씀은 분노와 억울함, 또 다른 상처를 유발하는 원인이 되기도 한다. 죄책감은 미안함과 후회, 분노, 억울함, 자기혐오, 자책, 무기력, 자포자기 등 여러 해로운 감정에 뿌리를 두고 있기 때문이다.

알게 모르게 아이에게 저지른 실수나 잘못(가해)을 묻어두는 것은 죄책감으로 스스로를 죽이는 일일지 모른다. 그러므로 자신 안의 죄책감이란 돌을 덜어내야 한다. 어떻게 덜어낼 수 있을까? 우선은 누구에게도 말하기 어렵던 잘못과 진실을 스스로에게 고백해야 한다. 무엇을 잘못했는지 명확하게 인지하는 것이 필요하다. 지킬 엄마 이면의 하이드 모습을 직면해야 거듭 이어지는 잘못을 멈출 수 있다.

하이드 엄마로서 자신을 보는 것은 괴롭다. 먼저 자신을 충분히 용서해야 한다. 여전히 실수와 잘못을 저지르고 살지만, 죄책감으로 매장되지는 않아야 한다. 살아 있지만 죽은 자신이 될 수 있기 때문이다. 어쩌면 영화는 또 다른 가해자가 될 수 있는 우리에게 살아남는 방법을 전하고 싶었는지도 모른다.

다음으로 스스로에게 '네 잘못이 아니다'라고 말해주는 것이다. 어릴 때 입은 아이의 상처는 부모의 잘못된 양육 방식에서 비롯된다. 그러나 아이로서는 부모가 신과 같은 존재이므로, 부모의 잘못을 보기도 어렵고 인정하기도 힘들다. 부모를 부정하느니 스스로를 부정한다. 자신이 부족하고 못나고 못생겨서 사랑받지 못하는 것이라며, 부모가 원하는 모습이 되려고 노력한다. 이로써 더욱 순응하는 아이로 자란다.

열심히 애쓰고도 아이는 자신이 부족하다고 자책하며 산다. 애초부터 죄책감의 무거운 돌을 얹고 시작하는 것이다. 그런 자신에게 "네 잘못이 아니야"라고 말해주어야 한다.

"네 잘못이 아니다"라는 말의 가장 감동스러운 버전은 역시 영화 〈굿 윌 헌팅〉에서의 숀 맥과이어(로빈 윌리엄스)의 대사다. 영화에서 윌 헌팅(맷 데이먼)에게 전하는 이 말은 머리로만 이해하는 것이 아니라 마음으로 깊이 느낄 때까지 10여 차례 반복된다. 그윽하고도 따뜻하며 깊이 존중하는 눈빛으로 다가가 건네는 그 말은 내 마음 깊숙이 들어와 기어코 눈물을 터지게 했다. 그것은 '진짜 내 잘못이 아니구나'라고 알아차리면서 나오는 눈물이었다. 죄책감의 무게로 가라앉은 나를 일으켜 세워주는 말이었다. 그러므로 온몸으로 느껴질 때까지 스스로에게 계속 말해준다.

'네 잘못이 아니야'라는 말은 자칫 진짜 잘못을 회피한다고 보일 수 있다. 책임을 회피하라는 말이 아니다. 오히려 잘못을 책임질 힘이 여기서 나온다. 우리는 어떤 식으로든 먼저 상처를 입었기 때문이다. 상처를 어루만지는 과정이 먼저다. 신기하게도 '아, 진짜 내 잘못이 아니구나'라고 깊이 느낀 이후에는 스스로의 잘못도 인정하는 힘이 생긴다. 이는 자신을 받아들이는 것과 같다. 잘하는 나뿐 아니라 잘못하는 자신도 받아들이는 의미다. 그렇게 우리 가슴 안에 존재하던 무거운 돌 하나를 내려놓으면 자신의 잘못을 책임질 힘이 나온다. 이것이 스스로 어른이 되는 길이다. 비로소 우리는 살아남은 어른으로서 책임지며 살아갈 것이다.

독립을 위한 제안

✓ 사랑받기 위해 거울 앞에서 서성이지 말자. 남자에게 사랑받는 여자가 행복한 것이 아니라, 스스로를 사랑하는 여자가 행복하다.

✓ 누구도 소외받지 않는 평등한 가족을 위해 자신이 먼저 바뀌어야 한다.

✓ 간곡한 호소와 하소연은 결국 모든 변화의 구심점이 상대에게 있다는 반증이다. 나를 변화시킬 힘은 나에게만 있다. 내 권한을 상대에게 넘겨주지 않는다.

✓ 절대 부모처럼 살지 않겠다고 선언한 이가 부모의 결혼 생활을 반복하는 경우가 많다. 막연한 환상을 버리고, 자신이 원하는 행복이 무엇인지 구체적으로 그려야 한다.

✓ '나를 위한 시간'을 먼저 할당해놓는다. 하루 한두 시간 만이라도 스스로를 성장시킬 생산적인 일에 시간을 투자한다.

✓ 경제적 활동의 끈을 놓지 않는다. 얼마를 버는가는 중요하지 않다. 좋아하는 일을 찾아 꾸준히 지속한다면 그것으로 충분하다.

✓ 당신의 이야기를 글로 쓰라. 속말을 끄집어내어, 스스로를 외롭지 않게 위로하자.

나아가기

더 나은 미래를 향한 대범한 선언

○○

나를 짓눌렀던 역할에 사표를 내듯이,
이제 나를 괴롭히는 고통에 사표를 내본다.
더는 스스로를 울리지 않겠다고 선언하면서.

○○　나쁜 경험들이 쌓아 올린 기적

1년 정도 혼자 살았을 때 이야기다. 24시간이 오롯이 내 것이라는 사실이 새삼 낯설었다. 잠시 해방감을 느꼈지만, 막상 주어진 시간을 어떻게 보내야 할지 몰랐다. 고민하다가, 미루기만하던 글을 써야겠다는 생각이 들었다.

결혼 이후 힘들 때마다 내 안에서 질문들이 수없이 일어났다. '나는 왜 이렇게 살고 있지?', '어떻게 살아야 하지?', '나는 지금어디로 가고 있나', '도대체 내 삶이 어디서부터 잘못되었을까?'

어디서부터 어떻게 문제를 풀어가야 할지 복잡하고 어렵기만 했다. 처리해야 하는 일들에 쫓겨 스스로에게 던지는 질문에 깊이 집중하지는 못했다. 나만의 시간이 온전히 주어졌을 때 비로소 정신없이 살아온 결혼 생활 전체를 돌아보고 싶어졌다. 동시에 다른 한편으로는 돌아보고 싶지 않았다. 덮어둔 상처들이 많았고, 어수선한 실타래처럼 꼬인 괴로운 일을 들여다보기가 고통스러웠다. 고달팠던 과거를 빨리 잊고, 앞으로 살아갈 좋은 일만 생각하고 싶었다. 그러나 어떻게 살아야 하는지 생각하려면 먼저 어떻게 살아왔는지를 보아야 했다. 불행했던 과거를 잊으면 그 역사가 되풀이된다는 역사학자들의 경고는 개인의 삶에도 적용된다고 여겼다.

영화 〈내가 잠들기 전에〉에서 크리스틴(니콜 키드먼)은 죽을 뻔한 폭행을 당한 이후 기억을 상실한다. 매일 밤, 자고 일어나면 그의 모든 기억이 사라진다. 그는 영상 일기에 녹음하면서 잃어버린 기억을 되살리려 노력한다. 마침내 자신을 그렇게 만든 범인을 잡고, 진짜 가족을 만나면서 그는 결심한다.

"앞으로는 그 누구에게도 내 인생을 빼앗기지 않겠어!"

크리스틴처럼 나도 살아오며 마주하기 괴로운 일들을 기록하기로 했다. 다시는 나를 잃지 않겠다는 마음이었다. 문제는 나 자신에 관한 기억이 너무 쉽게, 너무 빨리 사라진다는 점이다. 27년이나 되는 결혼 생활인데, 막상 쓰려고 보니 구체적으로 기억나지 않았다. 분명 심상치 않은 일들이 일어났다는 심증은 있는데 물증이 없는 느낌이었다. 백지를 앞에 두면 이내 기억상실을 겪듯이 멍해졌다. 처음에는 생각나는 대로 순서 없이 썼다. 그러자 점차 기억들이 되살아났다.

결과적으로 당시에 주어진 시간은 나 자신이 새롭게 태어나는 계기가 되어주었다. 기록함으로써 과거의 사건들을 재경험했다. 겪었던 내용을 수십 번씩 반복해서 다듬는 전 과정은 치유 작업과도 같았다. 게다가 피해자와 가해자의 구도에서 벗어나 서로의 입장을 바라보는 균형 잡힌 시선이 생겼다. 나 자신과 사건을 객관적으로 보기 시작하니 다음과 같은 생각이 들었다.

'과연 내게 일어난 일들이 남편과 시가만의 잘못인가? 나는 잘못한 점 없이 당하기만 했을까? 어쩌면 그 일이 일어나도록 나도 모르게 기여한 바는 없었을까?'

이전까지는 주어진 일들에 충실하고 희생하며 살아야 한다고 가르쳐준 친정어머니, 며느리 역할만을 기대했다고 여긴 시가와 시부모, 이기적인 남편 탓만 하면서 살았다. 그러나 진짜 범인, 힘들고 고달팠던 내 삶의 모든 원인은 나 자신이었다. 순순히 세상이 말하는 괜찮은 여자가 되려면 자신을 죽이라는 말을 따랐다. 좋은 여자가 되려면 나 자신에게 가장 나쁜 존재가 되어야 했다.

더 중요한 깨달음이 있었다. 내가 살아온 날들이 잘 기억나지 않았다고 했는데, 이는 나 자신을 잃어버렸다는 의미였다. 우리는 흔히 좋은 일만 기억하자고, 나쁜 일은 다 잊고 살자고 말한다. 문제는 나쁜 일들을 다 지워버리고 나면 그다지 기억할 만

한 일들이 없다는 데 있다. 내게는 살아온 대부분이 기억에서 지워버리고 싶은 괴롭고 고통스러운 일뿐이었다. 그렇다면 내 삶은 다 어디로 사라져야 한다는 말인가? 다시 살펴보아야 했다. 나쁜 일이라고 여기는 것이 정말 나쁘기만 한가? '나쁜 일'을 끄집어냈더니, 그것의 진짜 의미가 눈에 들어왔다. 세상에 빨리 잊어야 할 나쁜 일이란 없었다.

비폭력 대화에서는 축하와 애도를 말한다. 모든 일에는 동전의 양면처럼 좋은 일과 나쁜 일이 공존한다는 의미다. 우리가 좋다고 하는 일에도 애도할 부분이 존재하고, 나쁘다고 여기는 일에도 축하할 일이 생긴다. 예를 들면 이런 것이다. 내 인생에서 가장 기억하고 싶지 않은 남편의 외도는 최악의 나쁜 일이었다. 이 사실은 변함이 없다. 애도해야 할 사건인 것만은 분명한데, 이 안에도 축하할 일이 있을까?

고백하자면 축하할 일이 있었다. 남편의 외도는 충격이었지만, 그 덕분에 시가에서 분가할 수 있었다. '분가는 없다'는 남편의 강경한 태도에 외도라는 변수가 들이닥치면서 협상할 여지가 생겼다. 평생을 한집에서 같이 살리라 여긴 시부모에게도 이 카드를 빌미로 겨우 허락을 받아냈다. 사실상 외도는 시가로부터 빠져나오는 축하의 메시지였다.

또 다른 축하도 있었다. 남편에게 더는 의존할 수 없다는 사실을 확고히 깨달았다. 그 당시에는 애도할 일이었지만, 지금 와서 생각해보면 이 사건이 내가 스스로 주인으로 살아가는 시발점이 되어주었다. 그 일이 없었다면 지금도 여전히 남편에게 사랑받는 아내로서 나약하게 안주하려고만 했을 것이다. 두 번의 외도는 더는 남편에게 기댈 수 없음을 명백하게 인식시켜주었다.

서른 초반에 병에 걸렸을 때도 마찬가지였다. 질병 자체는 애도할 일이지만, 나에게는 또 다른 감사한 일을 가져다주었다. 스스로 돌보지 않던 건강을 챙기는 계기가 되었다. 이 병이 아니었다면 '나는 원래 약해'라고 생각하며 평생 골골거리고 살아왔을 것이다.

이렇듯 우리네 인생살이에는 역설이 존재한다. 세상에 좋다고 하는 일이 결과적으로 나쁜 일일 수 있고, 나쁘다고 여기는 일이 좋은 쪽으로 귀결되기도 한다. 그러니 무엇을 좋은 일, 나쁜 일이라고 분별하고 '싫다', '좋다' 한정할 일이 아니다. 그저 다 살아보고 나서야 판단할 수 있을 뿐이다. 살아 보니 나에게 행복으로 안내해준 초대장은 대부분 고통에서 온 것이었다. 기적은 더욱 그러했다. 죽을 각오로 내밀었던 '며느리 사표' 한 장이 시가 전체에 변화를 가져왔으니까.

더럽다고 취급받는 강아지똥에서 아름다운 민들레가 피어난다. 농부들은 인분이 가장 좋은 퇴비임을 안다. 빨리 잊어버리려 했던 나쁜 일들은 훌륭한 퇴비가 되어 아름다운 진주로 돌아왔다.

○○　　매일 꿈을 벼려내어 내 것으로 만들기

매일 꾸준히 한 땀 한 땀 꿰매는 일을 견디지 못했다. 처음에는
의욕적으로 시작했다가도 조금만 힘들고 지루해지면 그냥 내던
져버렸다. 결혼 초반, 크게 마음먹고 3년 월부로 피아노를 샀다.
처음에는 무척 재미있어서, 뒤늦게 피아노를 전공해보면 어떨
까 생각할 정도였다. 그렇게 1년 넘게 배웠지만, 〈체르니 30〉 중
반에서 끝냈다. 멋진 클래식 기타 선율에 이끌려 값비싼 기타도
샀지만, 손가락이 아파서 두 주를 못 버텼다. 팬파이프도 마찬
가지였다. 그림은 초기 데생부터 도망쳤다. 수영은 1년을 다녔
지만 접영 단계에서 그만두었고, 몇 번 시도했던 자전거 타기는
넘어지는 것이 무서워 슬그머니 내뺐다.

　같은 이유로 뜨개질이나 바느질 또한 끝까지 완성하지 못했
다. 중학교 때 실습했던 조각 이불 만들기는 중간쯤에서 엄마에

게 대신 완성해달라며 넘겼다. 고등학교 1학년 겨울방학 때, 예쁜 스웨터를 직접 만들어 입고 싶었다. 동대문시장까지 가서 털실을 사 오고 의욕적으로 뜨개질을 시작했다. 밑단에서 올라가 스웨터 뒤판을 거의 만들었다. 그때까지는 예쁜 스웨터를 상상하며 견딜 수 있었다. 그러나 앞판부터 속도가 더뎌지기 시작했다. 지루함의 고비를 견디기 어려웠다. 앞판 소매 부분에서 뜨개질을 멈추었다. 가끔 다락방에서 마주하는 뜨다 만 스웨터가 좌절과 실패의 상징 같아 볼 때마다 쓰라렸다.

이루고 싶은 꿈이 있다면 단순하고 똑같은 반복을 견뎌야 한다. 영화 〈베스트 키드〉에서 쿵후를 배우고 싶어 하는 열두 살 드레(제이드 스미스)에게 스승 한(성룡)은 매일 재킷을 벗고 거는 의미 없고 단순한 동작만 반복시킨다. 참다 못해 그만두겠다는 드레에게 스승은 옷을 벗고 거는 그 단순한 행동이 사실은 쿵후의 기본 동작임을 보여준다. 나아가 우리가 살아가는 일상의 모든 반복이 쿵후라고 가르쳐준다.

단순한 반복이 부처가 행하는 일과 마찬가지인 경우도 있다. 함께 꿈작업을 공부한 한 치과의사는 자신의 일이 지루하고 가치 없다고 여기고, 보다 가치 있는 일은 무엇일지 늘 고민했다고 한다. 그즈음 그는 '돌을 갈아서 부처를 만들어라'고 요구하는 노인을 만나는 꿈을 꾼다. 처음에는 그 꿈이 무슨 의미인지,

무엇을 하라는 뜻인지 몰랐다. 이후 3년이 지나 또 다른 꿈을 꾼다. 지하작업실 돌의자에 앉아 숫돌을 가는 꿈이었다. 돌의자는 하도 오래 앉아서 엉덩이 모양으로 패인 상태였고, 지하작업실은 기공소 같았다고 한다.

그는 치과와 협업하는 기공소는 자신보다 더 단순한 작업을 반복하는 숙련공들이 일하는 곳이라고 생각했다. 꿈에서 깨달은 바는, 돌을 갈고 반복하는 일련의 기공소 일이 치과의사인 자신의 일과 같다는 사실이었다. 반복하는 일의 진정한 의미를 알아차리고, 비로소 가치의 유무를 구분하는 것이 의미 없다는 사실을 깨달았다. 매일 일상의 일들을 소중하게 느끼지 못했지만, 결국 그 일이 부처를 만들어내는 것과 마찬가지임을 깨우친 것이다.

이 꿈을 들은 제러미 선생은 너무 오랫동안 앉아 일하느라 돌에 앉은 자국이 생겼다는 것 자체가 큰 감동이라고 했다. 너무나 단순한 일을 되풀이하면서 한계와 좌절을 느꼈겠지만, 사실 의사로서 한 그 일이 수많은 사람의 고통을 경감시키고 있었다. 사람들이 고통에서 벗어나도록 치료한 일 자체가 '돌을 갈아 부처를 만드는 일'이었다. 오랫동안 반복해야만 나올 수 있는 숙련된 능력 덕분에 가능한 일이었다. 매일 똑같은 일을 반복한다는 것은 그 자체가 자신을 갈아내는 것과 같다. 기대하고 희망했던 일보다 작고 의미 없고 지루하다고 여긴 일조차도 온 마음과 진실을 다한다면, 부처와 같아지는 것이다.

우리가 매일 반복하는 일상도 마찬가지다. 나 역시 오랫동안 전업주부로 살면서 매일 단순하게 반복되는 집안일보다는 좀더 가치 있는 일을 찾고 싶은 마음이었다. 집안일은 할 수만 있다면 냅다 집어던지고 싶었다. 게다가 여자라서, 며느리라서 해야만 하는 일들에 마음을 다해서 행하기보다는 참아가며 견뎌냈다.

나는 참는 데는 선수지만, 원하고 필요한 일을 견디기는 젬병이었다. 단순하고 지루한 일은 다 힘들다고 생각했다. 모든 일에서 한 면만 볼 뿐 다른 면은 보지 못했다. 남들도 똑같이 생각하리라 여겼는데, 애초부터 과정 자체를 즐기며 몸에 익히는 사람도 있음을 알았다. 한번은 이런 일이 있었다. 지인이 내 생일 선물로 주려고 틈날 때마다 퀼트로 작은 손가방을 만들고 있다고 했다. 나는 몸서리치듯 말했다.

"하지 말아요. 지루하고 힘들잖아요."

지인은 말했다.

"바느질은 행복한 일이에요. 저를 즐겁게 하는걸요."

그는 마음을 담아 손가방과 향 비누를 만들어 보내주었다. 누군가에게는 힘들고 괴로운 일이, 다른 누군가에게는 즐겁고 행복한 과정일 수 있었다. 소설가 무라카미 하루키도 느긋하게 마음먹고 글 쓰는 과정 자체를 즐긴 덕에 35년 동안 단 한 번도 슬럼프를 겪지 않았다고 한다.

우리에게는 다르게 보는 연습이 필요하다. 예를 들면 내게 글쓰기는 유익하고 필요한 일이지만 견뎌내기가 힘들었다. 꾸준하지 못했고, 쓰다 말기를 되풀이했다. 생각을 바꾸어보았다, 글쓰기는 하루키처럼 '문장을 만드는' 즐거운 과정이라고. 즐거움에 초점을 맞추니 정말 즐거워졌다. 집안일도 마찬가지였다. 바느질 자체가 즐거운 지인처럼, 집안일 자체를 즐기려고 노력했다. 지루하고 의미 없어 보이던 살림에 마음과 정성을 기울였다. 그러자 일상에 의미가 느껴졌다. 원하고 필요해서 하는 일들을 견뎌낼 수 있었고, 견디다 보니 즐거워졌다. 이를 경험하며 우리가 살아가며 겪는 고통 또한 다르게 보아야 한다는 사실을 알았다.

○○　문제를 직면하면 그다지 고통스럽지 않다

미국 일리노이 대학 대니얼 사이먼스 교수의 유명한 실험이 있다. 흰옷 입은 학생 세 명과 검은 옷 입은 학생 세 명이 공 두 개를 서로 주고받는 장면을 보여주고, 흰옷 입은 사람들이 몇 번이나 공을 던지는지 알아맞히는 실험이다. 해당 영상을 살펴본 뒤에 질문에 답을 해보자.[*]

사실 이 실험은 다음에 나오는 질문이 진짜다.

"(영상에서) 고릴라를 보았습니까?"

대부분이 황당해한다. 다들 공 횟수에 집중하다 보니 몸집 큰 고릴라를 보지 못했던 것이다. 영상에서는 사람들이 공을 던지는 사이에 고릴라가 가운데로 걸어 나와 가슴을 두드리고는 퇴

[*] 영상 주소: https://youtu.be/IGQmdoK_ZfY

장한다. 실험 참여자의 반 이상이 그 고릴라를 보지 못했다고 한다. 나도 고릴라가 나온다는 사실을 알았기에 보였지, 만약 사전 정보가 없다면 보지 못했을 것 같다. 여기에 더해서 내가 보지 못한 것이 하나 더 있었다. 커튼이 빨간색에서 노란색으로 바뀌고, 공을 던지던 한 사람이 화면 밖으로 빠져나간 것이다.

이 실험을 통해 우리는 살면서 보고 싶은 것, 필요한 것만 보고, 삶의 옆면·뒷면 등 다른 면들을 놓친다는 사실을 명확히 알 수 있었다. 나도 모르는 사이에 얼마나 많은 것들을 놓치고 살아왔을까. 그중 하나가 '고통'을 대하는 태도였다. 힘든 일, 고통스러운 문제를 제대로 직면하지 않고 도망갔다. 할 수만 있다면 편한 쪽을 택하고, 어려운 것은 되도록 피하고 싶었다. 어쩔 수 없이 해야 할 때면 당연히 고달프다고 여겼다. 힘들다며 고통을 피하려다가 많은 것을 놓치고 살아온 꼴이었다. 고통에 대한 편견도 있었다. 힘들고 고된 일은 행복하지 않은 삶, 편한 것은 괜찮은 삶이라 여겼다.

홀로코스트에서 살아남은 작가 임레 케르테스는 자전적 소설 《운명》으로 노벨문학상을 받았다. 이 소설이 기존 홀로코스트 생존자의 작품들과 다른 점은, 수용소에서의 행복을 이야기했다는 데 있다. 일반적으로 아우슈비츠와 부헨발트 등 수용소라고 하면 가장 지옥 같은 장소, 참혹한 장면만을 상상한다. 소설 속 소년이 수용소에서 보낸 1년이 평생의 트라우마가 된 것은 사실이지만 항상 처참하지만은 않았다고 한다.

세상에는 지옥 같은 환경에서 행복을 찾아내는 사람이 있는가 하면 남들이 부러워하는 여건 속에서도 불행하게 살아가는 사람도 존재한다. 우리가 생각하는 고통이라는 상태를 제대로 볼 필요가 있다. 영화 〈더 이퀄라이저2〉에는 이러한 표현이 나온다.

"세상에는 두 가지의 고통이 있다. 괴롭기만 한 고통, 변화를 가져오는 고통."

어차피 겪어야만 할 고통이라면 변화를 가져오는 고통을 선택해야 하지 않을까? 계속 괴롭기만 하다면 불행이지만, 지금 겪는 이 고통이 어떤 변화의 여지나 전환을 가져오리라는 희망이 있다면 더는 불행이 아니다.

유태계 정신과 의사였던 빅토르 프랭클은 아우슈비츠 수용소에서의 경험을 바탕으로 로고테라피라는 이론을 만들었다. 모든 것을 빼앗기고 대부분 죽어나가던 수용소에서 자신이 생존한 까닭은 나름의 삶의 의미를 찾았기 때문이라고 한다. 그곳에서 고통만 느끼는 사람들은 어쩌면 빨리 죽음을 택했는지 모른다. 살아야 할 희망이 조금도 보이지 않았기 때문일 것이다. 그러나 빅토르 프랭클은 변화를 가져오는 고통을 택했다. 자신이 경험한 수용소에서의 생활을 기억해 글로 써야겠다는 생각을 품었다. 그것이 살아야 하는 이유가 되었고, 마침내 생존해 글을 남겼다. 그 글이 《죽음의 수용소에서》였다.

누군가는 고통 자체를 괴롭기만 하다고 느끼기도 한다. 몇 년 전 텔레비전 뉴스에서 보았던 내용으로 기억한다. 강남에 잘나가던 사장이 부도를 맞아 재산을 날렸다. 더는 살 수 없다고 판단했던 그는 아내와 두 아이를 죽이고 자살했다. 그의 남은 재산이 6, 7억짜리 집 한 채였다고 한다. 부유하게만 살아왔던 남자에게 집 한 채는 보이지 않았다. 아예 살아보지도 않고 죽음을 선택했으니 안타까운 일이다. 고통을 직면해 문제를 해결한 사람들은 한결같이 말한다, 직면하면 그다지 고통스럽지 않다고. 게다가 그들은 고통을 받아들여 배우고 성장한다.

이렇게 말하는 나 역시 아직 일어나지 않은 일에 불안해하고 습관적으로 걱정했다. 그럴 때마다 동생은 내게 따끔하게 일침을 놓고는 했다.

"살아보지도 않고 왜 안 된다고 하는 거야? 아직 경험하지 않은 미래를 단정적으로 말하지 말아줘!"

같은 자매지만 동생은 언니인 나와는 살아가는 방식 자체가 달랐다. 그는 해보기도 전에 '안 된다', '불가능하다'며 도망가거나 회피하지 않는다. 절망과 우울로 에너지를 낭비하거나 자신을 방치하지도 않는다. 작은 어려움도 과장하지 않고 아무리 큰 어려움이 와도 매몰되지 않는다. 현실을 있는 그대로 받아들이고 고통을 들여다보며 부딪치고 해결해왔다. 동생은 그 고비들이 돌아보면 자신을 더욱 단단하게 다잡는 뿌리가 되어주었다고 한다. 힘듦 안에서 의미를 찾아냈고 그 모든 경험은 동생에게 진주가 되었다. 동생을 보면서 행복도 불행도 운명도 (신에 의해) 주어지는 것이 아니라 스스로 만들어간다는 사실을 배울 수 있었다.

이제는 힘들거나 수고로운 일에 직접 부딪치고 행동해서 원하는 바를 얻을 때 기쁘고 즐거워진다는 사실을 알아가고 있다. 몇 년 전, 구청에서 운영하는 주말농장에 참여한 적이 있다. 주말에 한 번, 때로는 2, 3주에 한 번 텃밭에 갔다. 당시에는 비가 자주 내린 덕에 드물게 방문해도 농작물이 잘 자라주었다.

지난봄에 주말농장을 다시 시작했다. 처음에 멋모르고 시작했던 세 평은 쉬웠는데, 이번 여섯 평은 내게 아주 넓었다. 작물마다 심는 시기도 제각각이고, 심어놓으면 말라 죽어 있기도 했다. 인해전술처럼 자라나는 잡초도 말썽이었다. 게다가 텃밭에 모종을 심은 이후 한 달 동안 한 번도 비가 내리지 않았다. 애써 심은 작물이 다 말라 죽겠다 싶어 이틀마다 방문했다. 물뿌리개로 나르다 보니 땡볕에서는 충분히 물을 주기도 힘들었다.

이 모든 수고에도 포기하지 않았던 까닭은 작은 생명이 자라나는 모습이 즐겁고 신비로웠기 때문이다. 수확한 채소들을 시부모에게도 나누어드렸다. 시어머니는 내게 힘든데 왜 텃밭을 하냐며, 무릎도 안 좋은데 그냥 사다 먹지 사서 고생하냐고 걱정하셨다. 어머니에게는 힘들다는 것 하나만 보이고 나의 즐거움과 기쁨은 보이지 않는 것 같다. 수고로움을 통해서 느끼는 풍요로움을 말이다.

○○ 더는 스스로를 울리지 말자는 다짐

여행에서 마주한 멋진 풍경, 공연, 사람들과 즐거운 시간 속에서 내 마음이 유리된 적이 얼마나 많았던가. 좋아하는 사람들과 함께여도 내 마음이 괴롭다면 다른 세상에 홀로 존재하는 기분이 든다. 눈앞에 멋진 만찬이 펼쳐지더라도 내 안의 아이가 울고 있다면 마음껏 즐기기 어려울 것이다.

어느 날, 꿈에서 한 아이가 울고 있었다. 가까이에 있던 사람들은 우는 아이에게 관심을 두지 않았다. 울어도 소용없음을 안 아이는 이내 울음을 그쳤다. 꿈에서 깨어나 곰곰 생각해 보니, 아이 울음에 관심 없는 사람들은 바로 나 자신을 의미했다. 나의 모든 시선과 관심이 외부에 향했기 때문이다. 맡은 역할을 잘 수행하는 게 중요했고, 타인은 배려하고 이해해주면서도 정작 나 자신에게는 관심도 이해도 없었다. 굳이 스스로를 먼저 돌보고 챙겨야 할 필요를 느끼지 못했다. 내가 무엇을 원하는지, 어떻게 하고 싶은지 살피지도 않았다. 그저 사람들에게 사랑받고 인정받는 것이 더 중요했다. 꿈속의 그 아이는 울음을 그치며 어떤 생각을 했을까?

어릴 적에는 아무리 애써도 원하는 사랑과 인정을 받지 못하는 원인을 스스로에게 돌렸다. 그렇지 않고서야 이렇게 애쓰는데 사랑을 못 받을 리 없다고, 나도 모르게 잘못한 것이 틀림없다고 생각했다. 이런 태도로 스스로를 제일 하찮게 여겼다. 그럴 때마다 내면의 아이는 얼마나 눈물을 흘려왔을까? 울어도 소용없다는 좌절을 얼마나 자주 경험했을까? 조금도 관심 주지 않는 나를 얼마나 원망했을까? 더는 그 아이를 울리거나 내버려두면 안 되는 거였다. 아이가 왜 우는지, 무엇 때문에 힘든지 고개를 돌려 바라보아야 했다. 가만히 살펴보니 가장 슬픈 일은 여전히 들려오는 '너는 부족해'라는 비난과 비판적인 목소리였다.

이러한 태도는 나이 들어서도 마찬가지였다. 마음의 여유 없이 살아왔다. 좀 한가하다 싶으면 어느 순간 '이렇게 놀아도 되나? 열심히 해도 부족한데'라는 목소리가 들렸다. 그 비판의 목소리에 따라 바쁘게 일을 만들고 다시 열심히 애쓰다가, 얼마 가지 못하고 지쳐버리는 패턴이 반복되었다.

외부에서는 새로운 것에 열정을 쏟으며 배우려는 자세를 곧

도전하는 모습으로 볼지도 모른다. 하지만 그저 내가 쓸모없는 존재가 아님을 증명하려는 안간힘일 뿐이었다.

한번은 일하지 않고 한가하게 보낼 때였다. 평화롭게 잘 지내다가 어느 순간 '시간만 낭비하고 사는 것이 아닌가'라는 생각이 들었다. 스스로가 쓸모없는 존재처럼 느껴지자 우울한 감정이 일어 바닥까지 끝없이 떨어졌다. 순식간에 거대한 우울이 거센 파도처럼 밀려와 나를 덮쳤다. 이미 덮쳤을 때는 빠져나올 힘이 하나도 없음을 알았다. 죽고 싶다는 생각이 들었다. 스스로가 싫었다.

문득 정신과 의사인 전현수 박사가 불교방송에서 이야기한 붓다의 가르침이 떠올랐다. 붓다는 제자들에게 평소에 우리 존재가 부정하다는 말씀을 자주 하셨다고 한다. 제자들은 부정한 몸을 없애야겠다는 생각에 자결했다. 붓다께서 안거를 끝나고 나올 때마다 제자들이 사라졌다. "왜 승가에 비구들이 줄어들었냐"고 물으니 한 제자가 사실을 전해주었다. 이에 붓다께서는 모든 비구를 불러 스스로를 정화시키는 방법을 알려주었다. 바로 마음 챙김 명상이었다. "마음 챙김을 많이 행하고 익히면 고요하고 순수하고 행복하게 머물 수 있다"고, "나쁘고 해로운 마음이 일어나는 속속 바로 사라지고 가라앉힐 수 있다"고 말씀하셨다고 한다.

어두운 감정이 일어났을 때 내버려두지 말고 마음을 관찰해야겠다는 생각이 들었다. 관찰자가 되어 지금의 나를 있는 그대로 지켜보고자 했다. 늪에 빠졌을 때 빠져나오려고 발버둥 치면 더더욱 가라앉는다고 한다. 오히려 늪을 껴안듯 온몸에 힘을 빼고서 천천히 빠져나와야 한다. 마음의 늪도 마찬가지다. 너무 고통스러워 빨리 지나가려 할수록 더 깊이 가라앉는다. 이때는 그 누구의 위안도 도움이 되지 않았다. 다만 마음의 상태를 살펴야 할 뿐이다.

스스로에 대해 '쓸모없다', '부족하다', '가치가 없다', '이렇게 살아서 무엇하나' 등의 생각이 끊임없이 일어났다. 이럴 때마다 '내가 나를 폭력적으로 비난하고 있구나', '살 가치가 없다고 말하는구나'라고 있는 그대로 지켜보려 했다. 엄청난 속도로 비난하며 몰아붙이는 나 자신을 지켜보기는 쉽지 않았다. 죽고 싶을 만큼 괴로웠고, 온몸의 기운이 모두 빠져나가 조금의 힘도 없었다. 그나마 이런 자신을 지켜보겠다는 또 다른 마음이 나를 한없이 나락으로 빠져들게 놔두지 않았다.

'나를 관찰한다'는 말은 한편으로는 나의 부족함도 그대로 바라본다는 의미다. 사랑받지 않아도 괜찮다는 사실을 인정하고, 거부해왔던 가장 고통스러운 감정인 자기혐오를 만날 수밖에 없는 일이었다. 자기혐오에 빠졌을 때 '너는 가치 있고 괜찮은 존재야'라는 긍정적인 생각은 도움이 되지 않았다. 거대한 폭우에 맞서 할 수 있는 일이라고는 단지 도망가지 않는 것뿐이었다. 그날, 마음속 거센 파도에 지친 채 잠이 들었다. 다음 날 아침, 자고 일어나니 어느새 그 감정에서 빠져나와 있었다. 지난밤 폭우가 언제 닥쳤나 싶게 마음이 맑았다.

또 한 번 스스로를 관찰한 적이 있었다. 나는 배고픔을 참지 못하는 편이다. 가끔씩 갑자기 허기가 지는데 바로 먹지 못하면 마치 응급환자처럼 온몸에 진땀이 나고 손이 떨리며 기운이 빠져 견디기 힘들었다. 오래전 병원에서 검진했을 때 저혈압 때문이라고 진단받은 적이 있다.

어느 늦은 밤이었다. 책을 읽다가 갑자기 허기가 몰아쳤고, 이내 심해지더니 참기 어려워졌다. 순간적으로 배고픈 지금의 나를 관찰해야겠다는 생각이 들었다. 처음에는 당장 먹지 못하면 금방이라도 어떻게 될 것만 같았다. 몸이 부들부들 떨리더니 온몸에서 힘이 다 사라졌다. 마치 내 안의 피가 다 빠져나가는 것 같았다. 그러고는 위가 텅 빈 듯이 속이 쓰렸다. 숨을 들이쉬고 내쉬며 어디에서 어떤 증상이 느껴지는지, 무엇이 견디기 힘든지 관찰했다. 얼마 지나지 않아 거짓말처럼 배고픈 증상이 사라졌다. 증상을 거울 보듯 관찰했을 뿐인데 신기했다.

숨을 들이쉬고 내쉬는 것처럼 모든 현상은 나타났다 사라지는 것임을 깨달았다. 전현수 박사는 한 강의에서 이런 이야기를 한 적이 있다. '돈이 없어서 힘들다'라는 말은 '돈 없는 상태를 견딜 수 없는 마음이 있다'라는 의미라고 한다. 또 '몸이 아파서 힘들다'라는 말은 '몸 아픈 상태를 견딜 수 없는 마음이 있다'라는 뜻이라고 했다. 모기에 물렸을 때를 떠올려보자. '가려워서 못 살겠어'라는 생각은 가려움을 견디지 못한다는 의미다. 가렵다고 자꾸 긁어 부스럼을 내면 결국 몸은 여름내 상처투성이로 남는다. 가려우면 바로 긁는 행위는 특정 자극에 즉각 반응하는 습관이다.

반대로 '견딜 수 있다'는 마음이 생긴다면 더는 고통이 고통으로 다가올 수 없겠다는 생각에 다다랐다. 불편함을 빨리 없애 버리려는 반응이 오히려 그 상태에서 벗어나지 못하게 한다.

내면의 우는 아이에게 관심을 두는 일은 내 안에서 들려오는 비난과 비판하는 목소리를 살피는 것에서 시작했다. 그 목소리로 인해 일어나는 감정·느낌에 관심을 두었다. 나를 살피는 데 그다지 많은 시간이 걸리지 않는다. 조금만 챙겨주면 평화로운 마음을 지킬 수 있었다.

타인에게 관심을 두고 외부 일에 우선하느라 스스로를 외면하고 고통을 습관처럼 지니고 살아왔다. 이는 정말 무엇이 중요한지 모르는 것이다. 스스로에게 미안해지는 길이다. 나를 짓눌렀던 역할에 사표를 내듯이, 이제 나를 괴롭히는 고통에 사표를 내본다. 더는 스스로를 울리지 않겠다고 선언하면서.

어릴 적 방영되었던 미국 드라마 〈뿌리〉를 무척 흥미롭게 본 적이 있다. 노예로 살아가는 쿤타킨테의 뿌리에 관한 이야기다. 몇십 년 전에 본 드라마라 내용은 가물가물해도 '쿤타킨테'라는 주인공 이름만큼은 여전히 기억한다. 인간을 짐승처럼 노예로 부리는 모습이 너무나 끔찍하고 무서웠다. 그 당시 흑인 노예는 소나 돼지처럼 주인의 재산으로 치부되었다. 노예가 도망친다는 것은 주인에게 재산 손실과 같은 의미였기에, 도망친 노예를 발견한 사람들은 마치 주운 물건처럼 주인에게 알려 되찾도록 도와주었다고 한다. 태어날 때부터 노예인 쿤타킨테의 뿌리를 거슬러 올라가니 아프리카에서 자유롭게 살아가던 한 인간이었다는 내용이 아직도 기억 속에 감동스럽게 남아 있다.

　나 또한 어딘가에 갇힌 듯이 답답하고 힘들게 살아왔다. 그 이유는 '내가 누구인지' 뿌리를 잊었기 때문이다. 몇 개의 조각만으로 나를 객관적으로 보고 있다고 착각했다. 어떤 문제를 원래 내 것처럼 규정해버리고 의문 없이 따라갔다. 태어날 때부터 닭장 속에 살아온 독수리와 다르지 않았다. 이 독수리는 날아보려는 시도조차 해보지 못하고 생을 마감할지도 모른다. 지금의 삶이 마음에 들지 않더라도, 날 때부터 정해진 운명이라고 생각하고 따라갔을 것이다.

그러고 보면 "나는 원래부터 그래"라는 문장은 사실은 아주 무서운 말이었다. 스스로를 규정해버리기 때문이다. 나도 스스로를 규정한 적이 있었다. "나는 원래 몸이 약해"라는 말이었다. 이 말은 어머니의 증언으로 더욱 견고해졌다.

"네가 태어났는데 우느라 젖도 빨지 못했어. 백일해였지. 죽을 뻔했는데 한 의사가 살려냈어…."

어린 시절에 늘 달인 한약과 양약, 몸에 좋다는 민간 처방과 이상한 음식들을 먹어야 하는 괴로움, 지루하고 긴 시간 동안 이부자리에 누워 있었던 기억들도 이 증언을 뒷받침해주었다. '나는 원래부터 약하게 태어났구나!'라며 스스로를 이해하고 받아들이기도 했지만, 이 생각을 잔꾀 부릴 때 이용하기도 했다. 어머니의 관심을 받기 위해 혹은 하기 싫은 일을 피하기 위해 자주 활용했다.

'나는 몸이 약한 사람'이라는 규정은 결혼해서도 이어졌다. 이 정체성에서 벗어난 것은 30대 초반이었다. 갑자기 간이 나빠졌다. 그 당시에는 치료약이 없어서, 서서히 진행되는 증상을 최대한 완화시키는 수밖에 없었다. 약한 존재라는 규정이 내 생명을 위협할 수 있다고 느꼈다.

몸의 병약함보다 더 괴로운 일은 보이지 않는 마음의 병약함이었다. 겉으로는 활달하지만 안으로는 괴로웠다. 친구들과 즐겁게 지내다가도 혼자 남으면 어둠이 밀려왔다. 깜깜한 게 너무 무서웠고 혼자 있기가 싫었다. 밤마다 나를 괴롭히는 잔인한 존재가 쫓아오고, 죽을힘을 다해 도망쳐도 발이 떨어지지 않아 여지없이 잡혔다. 소리치려고 해도 목소리가 나오지 않았다. 어두운 지하 깊은 곳에 갇히는 악몽을 자주 꾸고, 가위눌림이 반복되었다. 공포는 마치 태어날 때부터 달고 나온 것처럼 내게서 떨어지지 않았다. 이러다 미치는 게 아닐까, 복잡한 실타래가 엉킨 듯이 혼란스러웠다. 별것 아닌 일로 화가 치밀기도 하고, 갑자기 무기력해지거나 우울해지고, 괜히 울고 싶은 심정이 반복되었다.

두려움이 엄습할 때는 세상 그 누구에게도 이해받을 수 없다는 단절된 공포를 느꼈다. 홀로 불행을 반복하는 것 같았다. 이런 나의 정신 상태를 아무리 이해하려 해도 이해할 수 없었다.

내 안의 전쟁 같은 상황을 어떻게 평화로 바꿀 것인가. 어느 날, 꿈 한 편을 계기로 불안과 공포의 뿌리로 들어가볼 수 있었다. 기억도 없는 나의 태아기였다. 블랙박스 같던 꿈 이후, 태내에 있을 때 환경을 가상으로 그려보고 당시의 기분을 느껴보고 싶었다. 그 당시를 잘 기억하는 어머니의 진술이 도움이 되었다.

1960년대 직업군인이던 아버지는 부대 이동 때문에 몇 개월 동안 멀리 떨어져 계셨는데, 그때 부대에서 공급받던 쌀이 끊겼다. 당시는 쌀이 귀해서 돈을 주고도 구하기 힘들었다고 한다. 아버지가 부재한 상황에서 어머니는 시아버지 수발부터 조카와 돌 지난 아들의 끼니를 챙겨야 했다. 어느 날, 뒤뜰에서 놀던 조카의 실수로 집에 불이 나기도 했다. 살던 집은 순식간에 홀라당 타버리고, 하루아침에 재만 남았다. 설상가상으로 시아버지는 중풍으로 쓰러지셨다. 어머니는 수족을 쓰지 못하는 시아버지의 대소변을 받아내는 병시중을 들어야 했다. 그런 나날 속에 어머니 뱃속에 내가 있었다. 어머니는 뱃속의 태아를 알아차리지 못하다가 배가 불러오고서야 알게 되었다고 한다. 일련의 사건들을 겪으면서 내 존재를 신경 쓸 수 없었을 것이다.

어머니 뱃속에 있던 태아의 심정은 어떠했을까? 없어질지도 모른다는 생각에 불안하지 않았을까? '나 여기 있어요'라고 간절하게 알려도 관심도, 영양분도 받을 수 없는 상황이었다. 자신이란 존재가 어느 순간 이 세상에 왔는지도 모르고 사라져버릴지도 모른다는 공포, 태아에게 죽음과 같았다. 태아였을 당시의 감정을 인지하는 순간, 눈물이 터졌다. 울음이 통곡으로 바뀌었다. 드디어 스스로가 이해되는 순간이었다.

'이거였구나! 내 불안의 근원은 태내에서 비롯되었구나.'

영화 〈언브레이커블〉에서도 유사한 장면이 등장한다. 계속 자지러지게 우는 아기에게 무언가 이상이 생겼나 싶어 의사를 불렀다. 아기를 살펴본 의사가 혹시 아기를 떨어뜨렸냐고 묻는다. 아기는 뱃속에서부터 팔다리가 부러져 태어났던 것이다. 그 아기의 팔다리처럼 우리의 마음 또한 태어나기도 전에 부러질 수 있다.

태아의 심정을 알고 나니, 평생 이유도 모르고 달고 살던 무거운 짐 덩어리 하나, 족쇄 하나가 스르르 녹아 없어지는 것 같았다. 내 불안의 뿌리를 이해하게 되었다. 그 뒤로는 불안과 공포의 감정도 급격히 옅어지고, 마음도 가벼워졌다. 더는 알 수 없는 불안으로 흔들리며 무력하게 살지 않아도 된다는 자유를 느꼈다.

우리는 무의식에 끌려다닐 때는 모르다가 의식이 확장될수록 훨씬 자유로워진다. 내가 누구인지 이해한다는 것은 자유로움이 점점 더 확장된다는 뜻이다. 다만 마음대로 살 수 있다며 마냥 기뻐할 수만은 없다. 선택에는 자유롭지만 결과에 대한 책임은 스스로 져야 하기 때문이다. 그러므로 자유로워질수록 덜 자유로워진다는 아이러니도 알게 되었다. 점점 더 함부로 살 수 없어진다.

○○ 　우리는 작고 보잘것없는 존재가 아니다

다섯 살 정도일 때 집 앞에서 아버지와 함께 찍은 사진이 한 장 있다. 아버지는 활짝 웃고 계시고, 나는 두려운 듯 아버지의 한쪽 다리를 잡고 뒤에 서서 얼굴만 내민 모습이다. 웃고 계신 아버지와 양미간을 찡그린 나의 표정이 묘한 대조를 이룬다. 나는 왜 그리 두려웠을까?

어릴 때부터 세상이 두렵고 무서웠다. 거대한 세상에 비해 나는 작고 보잘것없는 존재 같았다. 너무나 쉽게 내 모든 것이 무너질 것 같았다. 마치 태어날 때부터 몸의 피부 한 겹이 없는 상태로 세상 밖으로 나온 아이 같았다. 안전하다고 느끼지 못하는 상태에서 어떻게 스스로를 보호해야 할지 몰랐다. 모든 것이 두려운 아이가 생각할 수 있는 최소한의 자기방어는 어쩌면 부모와 세상이 말하는 틀 밖으로 나가지 않는 것일지 몰랐다. 집에서는 부모, 학교에서는 선생님을 따르고, 어른들에게 고분고분하게 굴었다. 누구에게도 지적받지 않고 야단맞지 않을 정도로 행동했다. 그런 나를 두고 어머니는 '손 안 가는 말 잘 듣는 아이'였다고 말한다. 사실 나는 단지 두렵고 무서워서 안전선 안에서 벗어나지 않았을 뿐이다. 그러다 보니 내 생각과 감정보다는 '여자라서 하면 안 되는 금기'와 '여자이기 때문에 해야 하는 일'들을 우선시해야 했다.

결혼하고 어느 순간 돌아보니, 여자이기 때문에 해야 하는 일, 여자라서 해서는 안 되는 일들이 온통 내 삶을 차지하고 있었다. 여자에게는 시가와 남편 뒷바라지, 살림과 아이를 돌보는 일이 우선이었다. 남자에게는 당연하게 주어지는 시공간의 자유와 권리를 여자인 나는 누리기 어려웠다. 시가에서 여유를 상징하는 거실은 여자라는 이유로 당연히 남자들에게 내주어야 하는 자리였다. 여자들은 주방 같은 살림의 영역, 보조적인 배경에 머물러야 했다. 남자에 비해 바깥 활동 시간도 제한되었다. 특히 밤이나 주말에는 남편과 동행하지 않으면 나가지 않아야 할 것 같았다. 시가의 불평등은 혼자 힘으로는 도저히 어떻게 해볼 수 없는, 거대하고 견고한 바위 같았다. 그렇게 주어진 환경에 순응하는 듯했다.

작고 나약하다는 내면의 생각은 내 안에서 일어나는 욕구와 감정, 그리고 외부에서 요구하는 역할 사이에서 늘 전쟁을 치렀다. 안전선 밖을 나가고 싶은 욕구와 벗어나면 위험하다는 두려움이 부딪혔다. 남편조차 아내의 편이 되어주지 않았다. "당신은 이기적이야", "욕심이 많아"라는 말이 나를 주저하고 망설이게 했다. 내가 정말 이기적이고 욕심이 많은가, 스스로 검열했다. 왜 나는 다른 여자들처럼 집안일에 만족하지 못하지? 왜 여자라서 하는 일들에 억울해지지? 내게 무슨 문제가 있나?

자신을 위해 행동하는 주위 결혼한 여자들이 '여자가', '엄마라는 사람이', '며느리가' 등으로 욕을 먹고 손가락질당하는 현실을 보고 들었다. 욕먹지 않으려면 그저 조용히 집안에서 살림하며 현모양처인 척 살면 제일 좋은데, 그렇게 하지 못했다. 매일 무의미하게 일상을 반복하다가 내 삶이 이렇게 끝날 것 같았다. 불평등과 불합리한 문제들투성이인데 두렵고 겁나서 이러지도 저러지도 못한 채 끌려가는 자신이 너무 한심하고 답답했다. 마치 규정된 법을 따르지 않는 존재가 된 것 같아 혼란스럽기만 했다. 내 안에서 감정들이 요동을 쳤다.

그 당시 나에게 희망은 없어 보였다. 그럴 때 '이번 생은 망한 것 같다'고 생각한 적이 있다. 사실 이 생각을 훨씬 더 오래전부터, 그러니까 내 기억이 없던 다섯 살 이전에 이미 온몸으로 느꼈던 것 같다.

이해할 수 없는 위험한 사건이 유아기에 두 번 있었다. 가끔 어머니가 내 기억에도 없는 그 고비에 관해 이야기하면 나는 시건방진 10대처럼 이렇게 말했다.

"그때 그냥 죽게 놔두지. 그러면 지금 같은 고통은 겪지 않을 텐데…."

그 말에 어머니는 정색하셨지만, 나는 진심이었다. 차라리 고통도 모를 때 죽어버렸다면 좋았겠다고 생각했다. 겨우 틈을 비집고 벗어나려고 애썼지만 나아지지 않는 상황의 연속이었다.

그나마 아이들이 크면서 일을 찾았고, 경제 활동을 시작하면서 작은 희망을 품었다. 하고 싶은 일이었고, 그 일이 보잘것없는 나에게 조금씩 힘을 주었다. 경제적인 활동은 내가 하는 역할들이 의무만이 아니라 권리도 함께 누려야 한다는 사실을 느끼게 해주었다. 개인으로서 원하는 바를 찾아가는 과정은 남자뿐 아니라 여자에게도 당연히 주어져야 하고, 시공간의 자유와 권리 또한 동등해야 한다는 것, 그리고 최소한 한 집안에서 여자이기 때문에 불평등을 겪는 일은 없어야 한다는 인식이 생겼다.

남편이라는 벽은 높고도 견고했다. 혼자서 살 만한 최저 생계비를 모았을 때 비로소 이혼을 선택할 수 있었다. 내게 돈은 현실적인 힘이었다. 선택 없이 의무만 있던 며느리 역할을 그만두고 아이들도 독립시켰다. 한집에 살던 4인 가족이 한 동네 네

곳에 제각각 머무는 경험도 했다. 나만의 작업실을 만들어 지내보고, 자유롭게 여행도 다녔다.

이 모든 실험을 거치면서 깨달은 사실이 하나 있다. 나는 거대한 바위 앞에서 아무것도 할 수 없는 무력한 존재가 아니었다. 나라는 존재의 힘, 개인의 영향력은 놀랍도록 컸다. 용기를 내어 거대한 벽에 부딪힐 때마다 내 힘은 커졌다. 비로소 삶에 의미를 느끼고 '나의 진짜 주인은 나'라는 사실이 명료해졌다. 무엇에도 끌려가지 않는 내적인 힘이었다. 어릴 때부터 막연하게 느꼈던 세상에 대한 두려움이 호기심으로 바뀌었다. 감옥 같던 안전선 안에서 고분고분했던 작은 아이가 성장해서 밖으로 걸어나올 수 있었다. 어떤 작가는 말하기를, 내면의 큰 힘을 인식하면 이후에는 영원히 자신을 강하게 기억하게 된다고 했다.

용기 있는 행동 하나하나는 다른 삶으로 길을 열어주었고, 이 덕분에 기적을 만들어낼 수 있었다. 스스로 원하는 바를 명확히 인식하고 행동하니, 불가능해 보이는 문제들이 개선되었다. 지나고 보니 나는 결코 작고 보잘것없는 존재가 아니었다.

○○　거짓된 환상을 버리고 진짜 삶으로 나아간다

대학 졸업을 앞둔 딸을 집에서 독립시킬 때였다. 부모의 자식에서 나아가, 스스로의 주인으로서 새롭게 시작하는 딸에게 다음과 같이 말했다.

"더는 부모에게 배울 것이 없어. 우리도 무지로 혼란을 겪으며 살았으니까. 이제는 세상의 어머니에게 배워야 한다."

집 밖에서 새로운 것들을 만나고 배워야 한다. 이를 통해 지금까지 부모로부터 배운 것 하나하나를 다시 점검하고 쓸모없는 가치를 버려야 한다. 딸에게 어릴 때부터 당연하고 익숙해서 원래부터 자신이라고 여겼던 모든 것들에 질문을 던지라고 제안했다. 가치와 신념들이 진짜 본인 것인지 직접 경험하고 확인하고 인식해보라고, 그리하여 진짜 자신의 가치로 바꾸는 과정이 필요하다고 설명해주었다.

딸뿐 아니라 나 역시 다시 새롭게 배우기 시작했다. 딸이 세상 밖으로 나가 배운다면, 나는 내 안의 정원을 만드는 일에 집중했다. 돌아보면 홀로 사막을 걸어온 느낌이다. 온통 모래로만 가득한 메마르고 척박한 땅이었다. 그간 나만의 정원을 만들고 가꾸지 못했다. 내 삶은 사는 길이 아니라 죽는 길로 가고 있었다.

앞서도 언급했지만, 30대 초반에 간이 좋지 않았다. 치료제도 없고 상태도 점점 나빠져서 친구로부터 소개받은 경남 양산의 한 요양원에 잠시 머물렀다. 병원에서 치료를 포기한 말기 암 환자들에게 자연요법으로 치료하던 곳이었다. 나는 집으로 돌아왔고, 함께 있었던 사람들 가운데 하나둘씩 세상을 떠났다는 소식이 간간이 들려오다가 기억 속에 사라졌다.

병은 내게 술 한 방울 입에 대지 않아도 간이 나빠질 수 있으며, 한창 젊어도 죽음이 언제든 가까이 있다는 사실을 일깨워주었다. 남편과의 사랑도 마찬가지였다. 사랑을 꿈꾸었지만 더 멀어질 수 있었다. '다시 건강해지면, 남편과의 사랑을 회복하면 행복해질 수 있을까?'라고 생각했지만, 행복은 내게서 멀리 있는 듯했다. 1년쯤 지나자 건강은 회복했지만 희망 없는 결혼 생활은 계속되었다. 스스로를 죽이고 행복과 멀어진 삶, 희망이 아닌 절망으로 떨어진 삶이었다. 강산이 두 번 바뀌고서야 겨우 출구로 나왔다. 그리고 나만의 정원을 가꾸어나가고 있다.

척박한 삶에서도 자신만의 정원을 찾아낸 여성이 있다. 영화 〈컬러 퍼플〉의 원작자인 엘리스 워커다. 그녀는 흑인이 글을 읽고 쓰는 것을 범죄로 간주하고, 대대로 백인 집 하녀로만 살 수밖에 없던 시대에 흑인 여성으로 살아왔다. 엘리스 워커는 주체적·독립적으로 살기 위해 고향에서 도망쳤다. 그는 이때 받은 세 가지 선물을 잊지 못한다. 하녀로 일하면서 주급으로 20불도 채 못 버는 그의 어머니가 돈을 모아 딸에게 준 것이었다. 바느질용 재봉틀과 여행용 가방, 그리고 글을 쓸 수 있는 타자기. 독립과 자주의 메시지를 담은 세 가지 선물 덕분에 그는 세계를 여행하고 글을 쓰는 자유로운 영혼으로 살아왔다.

나에게도 예전 삶의 방식에서 벗어나 나 자신으로 살아가는 데 힘이 되어준 두 가지가 있다. 하나는 매일 밤 거울처럼 나를 비추어주고 길을 잃었을 때 나침반이 되어주는 '꿈'이고, 다른 하나는 글을 쓰는 '노트북'이다.

우리는 살아오면서 상처받았고, 앞으로도 계속 상처받을지도 모른다. 함께 살아가는 관계에서 복잡하게 얽히는 갈등과 문제들이 필연적으로 계속될 것이다. 그럴 때마다 누군가를 찾아다니며 도움받기는 쉽지 않다. 외부의 도움으로 내 삶의 명쾌한 답을 찾기도 어려운 일이다. 나는 해답을 세상 밖이 아닌 나만의 정원에서 찾는다. 내면에는 가장 훌륭한 안내자가 늘 나를 기다리고 있으니까.

사람들은 내가 며느리 사표를 내고 쉰이 넘어 책까지 냈으니 이제 '행복 시작'인 줄 안다. 그렇지 않다. 지금까지 짊어진 짐들을 내려놓았을 뿐, 나는 아직 제대로 살아보지 못했다. 나짐 히크멧의 시처럼 "가장 아름다운 바다는 아직 건너지 않았다." 이제야 비로소 내 삶을 시작하게 되었을 뿐이다. 이렇게 말하고 싶다.

"나 다시 살아보겠어, 진짜 나 자신을 사랑하는 삶을. 그리고 알아보겠어, 내 진짜 삶이 무엇인지를."

정혜윤 라디오 PD의 책 《마술 라디오》에 실수로만 이루어진 릴 테이프에 가장 많이 등장하는 말이 "다시 할 수 있어요?"라는 대목이 등장한다. 실수와 오류를 수정하고 다시 잘해보려는 마음이었을 것이다. 나 역시 다시 잘 살아보고 싶은 마음이기에 '다시'라는 말이 무척 의미 있게 느껴졌다. 내 삶에서 가장 아름다운 날들을 살아보고 싶다. 그리고 먼 훗날 이 말을 묘비명으로 남기고 싶다.

"다시 살게 된 인생은, 가장 아름다웠다."

이것이 내가 다시 살아야 할 이유다.

나아가기 위한 제안

✓ 살아오며 마주했던 힘든 일들을 자꾸만 겉으로 끄집어낸다. 괴롭겠지만, 이 일이 내게 주어진 이유가 있음을 믿는다. 그 애도의 과정이 결국 나를 살게 할 것이다.

✓ 이루고 싶은 꿈이 있다면 지루하고 단순한 반복을 견뎌내야 한다.

✓ 힘든 일, 피하고 싶은 일을 마주할 때마다 이 일이 내게 주어진 이유가 있음을 생각한다.

✓ 세상에는 괴롭기만 한 고통과 변화를 가져오는 고통이 있다. 어차피 겪어야 할 고통이라면 변화를 가져오는 고통을 선택하는 편이 낫다. 주어진 고통을 받아들임으로써 배우고 성장한다.

✓ 나를 짓눌렀던 역할에 사표를 내듯이, 이제는 나를 괴롭히던 모든 것들에 사표를 낸다.

✓ 자신이 누구인지 정확하게 인지한다. 우리는 세상이 말하는 것처럼 작고 연약하지 않다. 우리의 존재와 영향력은 무한하다. 이제는 남들이 쥐어준 삶이 아닌, 내 진짜 삶을 가꾸어나갈 때다.

적어도 나만큼은 내 편이 되겠다는 다짐

얼마 전 한 기자와 인터뷰를 했다. 바뀐 명절 풍경과 시가의 모습, 나 자신, 그리고 가족의 변화에 관해 이야기를 나누었다. 인터뷰하면서 나도 모르게 반복했던 말이 있었나 보다. 이야기 도중에 기자가 조금은 단호하게 말했다.

"자꾸 '작은 용기'라고 말씀하시지 않았으면 좋겠어요. 분명 큰일을 하셨잖아요!"

딸에게도 자주 듣던 말이었다. 당시에는 얼른 얼버무리며 넘어갔는데, 그 기자의 말이 내내 마음에 걸렸다. 왜 나는 스스로를 인정하기 두려워하는가? 왜 남들의 인정을 기꺼이 받아들이지 못하는가?

첫 번째 문제는 바로 나 자신을 깎아내리는 데 있었다. 원인은 어린 시절로 거슬러 올라간다. 어릴 때부터 어머니에게 인정받는 것은 웬만한 큰일이 아니고서는 어려운 일이었다. 반면에 아주 사소한 일에도 눈 밖에 나면 못마땅하게 여기셨다. 그러니 애초부터 어머니의 인정은 포기해야 했다. 그 태도가 나도 모르게 인식 속에 남아 스스로를 인정하지 못하게 작용했나 보다. 지금도 자꾸 어머니의 눈으로 나를 본다. 스스로를 '인정할 수 없어' 혹은 '아직 멀었어'라고 말하며, 기어이 못마땅한 것을 끄집어내어 고춧가루를 뿌린다.

그다음 문제는 원하는 것을 외부에 호소하던 습관 그대로 인정 또한 외부에서 온다고 여기는 태도에서 나왔다. 우리는 말 잘 들으면 상을 받고 그렇지 않으면 벌을 내리는 부모와 선생님, 사회에서 자라며 상벌에 길들어졌다. 외부의 칭찬과 인정을 받아야 '내가 잘하고 있구나'라고 인식했다. 더불어 스스로를 인정하는 태도는 겸손하지 못하다고, 교만하지 말라고 배웠다.

'나는 잘하고 있다'는 인식은 변화와 성장에 아주 중요한 요소다. 문제는 그 자극이 외부에서만 주어진다고 생각하면 비극이 펼쳐진다는 점이다. 외부의 인정을 받지 못하면 스스로가 가치 없는 것 같고, 마음의 허기를 느낀다. 그 때문에 스스로를 위한 일보다 인정받을 만한 일을 우선하는 것이다. 그러나 애씀은 점차 당연한 일이 되고, 전보다 더 큰 성과가 없으면 인정받기 점점 어려워진다.

차라리 뻔뻔해도 기꺼이 스스로를 받아들이고 인정해야 한다. 그 편이 더 아름답다. 그 태도가 나를 더 겸손하게 한다. 사람들이 인정해줄 때까지 기다리는 것이 아니라, 스스로 인정하면 되는 것이다. 나에게도 인정하겠다고 허락하는 용기가 필요할 때다.

이제 나는 누군가 알아주거나 인정받는 것이 그다지 중요하지 않다. 인정받기 위해 애쓸 필요가 없음을 알기 때문이다. 인정받기 위해서가 아니라 원하는 것을 위해 행동하고 변화하면서 진정한 기쁨을 느낀다. 변화하는 것 자체가 인정받는 것과 마찬가지다.

스스로 시가의 문화를 바꾸고 부부의 삶을 변화시켰지만, 아직 가야 할 길이 멀다. 많은 사람이 나의 용기를 인정해주고 지지해주고 있다. 동생은 농담처럼 "언니는 우리 가문의 영광이야"라고 말해주었다. 아직은 낯설지만, 나는 끊임없이 변화하고 성장해가고 있다고 스스로에게 말해준다. 분명 잘해왔고, 앞으로도 더 잘해가리라 응원한다.

나는 내가 자랑스럽다.

행복한 결혼을 위한 지극히 현실적인 조언들

결혼 뒤에 오는 것들

첫판 1쇄 펴낸날 2020년 5월 21일
   2쇄 펴낸날 2020년 10월 12일

지은이 영주
발행인 김혜경
편집인 김수진
책임편집 이지은
편집기획 이은정 김교석 조한나 유예림 김수연 유승연 임지원
디자인 한승연 한은혜
경영지원국 안정숙
마케팅 문창운 정재연
회계 임옥희 양여진 김주연

펴낸곳 (주)도서출판 푸른숲
출판등록 2003년 12월 17일 제406-2003-000032호
주소 경기도 파주시 회동길 57-9, 우편번호 10881
전화 031)955-1400(마케팅부), 031)955-1410(편집부)
팩스 031)955-1406(마케팅부), 031)955-1424(편집부)
홈페이지 www.prunsoop.co.kr
페이스북 www.facebook.com/prunsoop   **인스타그램** @prunsoop

ⓒ영주, 2020
ISBN 979-11-5675-825-9 03810

이 도서의 국립중앙도서관 출판예정도서목록(CIP)은 e-CIP 홈페이지(http://seoji.nl.go.kr)와
국가자료종합목록시스템(http://www.nl.go.kr/kolisnet)에서 이용하실 수 있습니다. (CIP 2020017104)